김석중

1969년 출생. 대한민국 1호 유품정리사이자 유품
정리 전문회사인 키퍼스코리아Keepers Korea 대표.
유품정리의 가치와 필요성을 발견한 뒤 일본 연수
를 거쳐 한국에 최초로 유품정리 서비스를 도입했
다. 일본에서 연수 시절 고독사의 심각성을 눈으로
직접 보고 겪었 화와 고령화가 진행
 사 예방책이 반드시
 내 고독사와 자살
 최근에는 블록체인
 의 의사 결정과 사
 품정리를 IT 기반으로 바꾸는 작업을 진행 중
이다.

부산과학기술대학교 장례행정복지과 외래교수, 보
건복지부 고독사 예방 실무협의회 민간위원, 부산
시 고독사 예방 전문위원으로 활동하고 있으며, 엔
딩산업과 진로 멘토링, 장례 유품관리, 고독사 및
자살 예방에 대한 강의를 하고 있다. 저서로 세종
도서 교양 부문에 선정된《누가 내 유품을 정리할
까?》와 공저인《유품정리인은 보았다!》가 있다.

당신의 마지막 이사를 도와드립니다

당신의 마지막 이사를 도와드립니다

1판 1쇄 인쇄 2022. 05. 25.
1판 1쇄 발행 2022. 06. 15.

지은이 김석중

발행인 고세규
편집 강지혜 디자인 유상현 마케팅 김새로미 홍보 반재서
발행처 김영사
등록 1979년 5월 17일 (제406-2003-036호)
주소 경기도 파주시 문발로 197(문발동) 우편번호 10881
전화 마케팅부 031)955-3100, 편집부 031)955-3200 | 팩스 031)955-3111

값은 뒤표지에 있습니다.
ISBN 978-89-349-6186-4 03810

홈페이지 www.gimmyoung.com   블로그 blog.naver.com/gybook
인스타그램 instagram.com/gimmyoung 이메일 bestbook@gimmyoung.com

좋은 독자가 좋은 책을 만듭니다.
김영사는 독자 여러분의 의견에 항상 귀 기울이고 있습니다.

당신의 마지막 이사를 도와드립니다

유품정리사의 일

김석중 지음

김영사

누군가 제대로
해야 할 일이기에

저는 유품정리사입니다. 15년 전 우연한 기회에 일본에서 유품정리 일을 배워, 국내 최초로 이 사업을 시작하였습니다. 제가 한국과 일본을 오가며 3년간 연수를 했던 일본 회사도 일본에서 맨 처음 유품정리 일을 시작한 곳입니다. 이 회사는 10년 전 일본에서 드라마와 영화의 실제 모델로 등장해 화제가 되었습니다. 최근 국내에도 비슷한 드라마가 방영되어 인기를 끌었습니다.

현재 많은 사람들이 유품정리를 직업으로 삼고 있습니다. 하지만 대부분 생활폐기물이나 고독사 현장을 처리하는 사람들입니다. 장례의 마지막 절차인 유품정리가 청소 사업으로 본질이 왜곡되어 안타까울 따름입니다.

유품정리는 상장례의 일부분으로 크게 네 가지 유형으로 나뉩니다. 부모님 장례 직후 본가에 남은 부모님의 물건을 자녀들이 나누어 보관하거나 사진으로 남겨 아름다운 기억을 오래 간직하는 사후 유품정리, 요양병원에 거주하는 부모님의 임종을 대비해 장례와 유품정리를 한꺼번에 예약하는 사전예약, 부모님 가운데 한 분이 돌아가신 뒤 혼자되신 분을 위한 생전 소유물정리 그리고 나이 드신 분이 앞으로 발생할 일을 대비해 가족과 함께 미리 장례와 유품정리를 점검해보는 종활終活입니다. 최근에는 자녀가 없거나 가족에게 의지하지 않으려는 분들의 문의도 늘고 있습니다.

동서고금을 막론하고 죽음은 풀리지 않는 숙제입니다. '죽으면 끝일까?'라는 질문을 스스로에게 해보면 낭떠러지에서 툭 하고 떨어질 때처럼 가슴이 철렁 내려앉았습니다. 수학여행처럼 관광버스를 타고 소풍 가는 기분으로 저 세상을 다녀올 수만 있다면 속이 시원하겠지만, 어떻게 해도 경험할 수 없으니 막막하기만 합니다. 저는 죽으면 어디로 가는지 잘 모릅니다. 하지만 장례를 치르고 유품을 정리하다 보니 한 사람이 사망하면 일이 어떻게 진행되는지, 또 남은 사람들은 어떤 생각을 하는지 다양한 사례를 통해 경험하게 되었습니다.

전통 예법과 정해진 절차에 따라 진행되는 장례와 달리 사망 원인이나 주변 상황, 인간관계에 따라 달라지는 유품정리 현장에는 실로 다양한 일이 벌어집니다. 요즘은 암이나 질병으로 병원에서 사망한 사람들이 대부분이지만, 갑자기 돌연사하거나 스스로 목숨을 끊는 사람도 있습니다. 심지어 사망한 뒤 한참 시간이 지나고 발견되는 경우도 있습니다.

제가 이 일에 뛰어든 계기는 아끼던 한 젊은 직원의 죽음 때문이었습니다. 그는 금요일 저녁에 웃으며 퇴근했는데 불과 하룻밤 사이에 싸늘한 주검이 되어 영안실에 누워 있었습니다. 채 서른도 되지 않은 나이였는데 너무 허망했습니다. 한참 사업을 확장하던 때였지만, 한 사람의 죽음을 목격하자 제 삶은 완전히 바뀌었습니다. 그런 와중에 우연히 일본 방송 프로그램을 보았고, 그 회사 대표를 찾아가서 만나 유품정리 일을 시작하게 되었습니다. 그리고 장례지도사가 되었습니다. 이제 저는 죽음 현장을 마주하는 일이 일상이 되었습니다. 또 사망 전후 일어나는 일을 대비할 수 있는 도구를 만들어 교육도 하고 있습니다.

사실 저는 이 일에서 벗어나려고 한 적이 있습니다. 죽음의 현장은 밝은 색보다 어두운 색 일색이고 웃음소리보다 울음소리로 가득 차 있어, 현장의 삶이 기쁘지 않았습니다. 이 때문에 죽음을 생각하기 싫었습니다. 무엇보다 대기업과 거래를 해왔던 제 기존 사업에 걸림돌이 되어 회사 이미지에 손상을 줄 것 같아 일부러 거리를 두려했습니다. 하지만 멀리 도망가지 못했습니다.

유품정리나 고독사 예방 일을 하는 사람들이 조금 다른 방향으로 가고 있어 그동안 해오던 사업을 모두 접고 이쪽 길로 올인하게 되었습니다. 지금은 유언신탁노트를 활용해 엔딩산업 분야에 종사하는 분들을 재교육하며 매장 방식의 전통 장례의식에 머물러 있는 우리의 상장례 문화를 현대 사회에 맞추는, 산업 생태계를 바꾸는 일을 하고 있습니다.

안타깝게도 아직 현실에서는 유품을 정리할 중요한 타이밍을 놓치거나, 유품정리를 청소로 오해해 중요한 것 몇 가지만 골라내고 쓰레기로 처리해버리기 일쑤입니다. 중요한 장례의식을 빈집 청소하듯 숙고 없이 그저 깨끗이 지워버린다면, 인생은 너무 허무합니다. 어떤 인생도 의미 없는 인생은 없기 때문입니다.

가끔 '나는 지금 왜 이 일을 하고 있을까?'를 생각합니다. 문득 가던 길을 멈추고 돌아보면 젊은 직원의 사망 사건이 있습니다. 이 사건이 인생의 전환점이었습니다. '그 때의 생명'이 아니었다면 저는 다른 삶을 살았을 테지만, 그 젊은 직원의 죽음이 제 삶뿐만 아니라 세상을 조금씩 바꾸는 일에 거름이 되었습니다. 처음에는 그 직원의 죽음이 헛된 줄 알았는데 시간이 지나면서 그 청년의 죽음이 결코 헛되지 않았음을 깨닫게 되었습니다. 저를 통해 세상을 바꾸고 있으니 말입니다.

고인이 살았던 현장에는 한 사람의 인생과 생각이 고스란히 남겨져 있습니다. 한 사람이 떠난 뒤 남겨진 것들을 보며 남은 사람들은 그 사람의 인생을 기억하고 오랫동안 추억을 간직합니다. 저는 현장에 들어가는 순간 마치 영상을 거꾸로 돌린 것처럼 시계가 반대로 돌아가는 듯한 느낌을 받습니다. 물건의 종류와 색상, 놓인 위치와 순서를 보면 고인이 살아 있을 때 생활하던 모습이 그대로 보입니다. 너무 많은 물건 가운데 남길 것과 버릴 것을 골라내는 작업을 합니다. 그 작업에 신중을 기해야 합니다. 마치 우리 인생처럼, 유품을 버리고 나면 다시 찾을 수 없습니다. 기회는 단 한 번뿐입니다.

　한 사람의 유품을 정리하다 보면 자신이 어떻게 살아야 하는지 깨닫게 됩니다. 고인이 다양한 입장에 놓여 있었음을 알게 되고, 이는 곧 자신에게도 현재 다양한 입장과 역할이 존재함을 인식하게 합니다. 누구나 죽음을 피할 수 없습니다. 이왕 피할 수 없다면 정면으로 응시하는 것도 방법입니다. 저는 사후세계에 대해서는 아는 바 없지만, 죽음 이후 벌어지는 현실의 다양한 일은 알려드릴 수 있습니다. 이 책을 통해서 자신의 그리고 가족의 죽음과 정면으로 마주하시길 바랍니다.

2022년 6월
용당에서 김석중 올림

1 유품정리사가 바라본 풍경

2 유품정리사의 일

3 남은 자의 몫

4 죽음을 준비할 때

1

유품정리사가 바라본 풍경

죽음을 준비합니다

얼마 전 제가 근무하는 대학교 안의 브런치 가게에서 60대 중반인 한 남성을 만났습니다. 그는 신문에서 유품정리사에 관한 기사를 읽고, 만나서 꼭 물어보고 싶은 것이 있다고 연락을 해왔습니다. 마침 태풍이 온다는 소식에 모든 일정을 미루었는데, 일부러 제가 있는 곳까지 찾아온다고 하여 영문도 모른 채 약속장소에 나갔습니다.

흰색 승용차를 타고 온 초로의 남성은 배가 좀 나왔고, 얼핏 봐서는 50대로 볼 정도로 젊어 보였습니다. 그는 제게 "생각보다 젊은 양반이었군요. 신문에 나온 사진을 보고 나이가 있는 분이라고 생각했습니다"라고 말했습니다. 뜬금없는 인사말에 조금 당황했지만, 유품정리 현장에서 사진으로 고인만 만나다 체온이 느껴지는 사람과의 만남이라 기쁜 마음으로 두 시간가량 이런저런 이야기를 나누었습니다. 남성은 마치 인터뷰라도 하듯 황토색 서류 봉투에서 하얀색 A4 용지 두 장을 꺼내더니 자신이 미리 정한 순서에 따라 질문을 하기 시작했습니다. 질문의 내용은 그가 가진 개인적인 궁금증이 대부분이었지만, 평소 저도 고민하던 내용이 많아 성실히 답하였습니다.

그는 구순이 넘은 노모를 모시고 사는데, 자신의 노후와 어머니의 장례가 걱정이라고 했습니다. 어머니가 돌아가시면 졸혼을 하고 싶다는 이야기부터 떨어져 사는 아들과 딸에 대한 걱정, 친구들과의 관계 등 넋두리도 늘어놓았습니다.

한 분이 사망한 뒤 유품정리 의뢰를 받아 현장에 가보면, 제대로 정리가 되어 있지 않아 혼란스러울 때가 있습니다. 그런데 이 남성은 이미 자신의 삶을 정리하기 시작한 것입니다. 그래서 저는 "비록 지금 작은 갈등이 있을지 모르지만, 그래도 가족이 모두 다 살아 계시니 아직은 기회가 있어 부럽습니다"라고 말했습니다.

남성은 현재 시행되고 있는 여러 가지 장례 방식에 대해서도 구체적으로 물었습니다. 자신은 문중의 시제(時祭, 음력 10월에 5대 이상의 조상 무덤에 지내는 제사)에 참석하는데 자녀들은 참석하지 않으니 향후 여기저기 흩어져 있는 조상의 묘를 어떻게 하는 것이 좋을지, 납골당이나 수목 장, 산골散骨에 대한 의견, 아내와 졸혼할 경우 자신이 사 망한 뒤 집을 정리하는 문제, 남은 인생을 어떻게 살아야 의미 있게 살 수 있는지에 대한 구체적인 방법, 구순 어머 니의 장례를 어떻게 준비해야 하는지, 어머니의 재산 상 속에 관한 내용 등 다양한 질문을 빽빽하게 적어와 차근 차근 물었습니다.

짧게 대답할 수 있는 질문이라면 좋겠지만, 사람마다 상황이 다르고 생각이 달라 한마디로 명확히 알려드릴 수 있는 문제가 아니었습니다. 다만 오랫동안 죽음의 현 장에서 겪었던 경험을 바탕으로 여러 방법을 안내하고 스스로 결정할 수 있는 양식을 제공하며 긴 상담을 마칠 수 있었습니다.

자녀가 없는 노인에게서 사후정리에 대해 문의하는 전화 가 걸려옵니다. 연령대와 성별, 사연도 다양한데, 이분들 은 대부분 혼자 사는 경우가 많습니다. 평생 미혼으로 지 내다 늙어버린 70대 할머니가 이사를 앞두고 연락을 해 왔습니다. 젊어서 자녀를 한 명 낳았지만, 아이 아빠와 결 혼을 하지 못해 호적에 올리지 못한 채 아이를 아이 아빠에게 빼앗긴 할머니의 사연은 할머니가 현실적으로 겪고 있는 어려움이 더해져 쓸쓸하기만 했습니다. 형제와 자매가 있지만, 아무도 할머니의 힘든 현실을 도와주지 않는다고 하시며 자신이 현재 사는 본인 소유의 집을 사후에 어떻게 처리해야 할지 논의해왔습니다.

가끔 40~50대 여성들도 전화를 해옵니다. 이 여성들은 우리가 하는 일을 돕고 싶다고 말합니다. 돈이나 물품을 보내고 싶다는 사람도 있습니다. 그런데 이런 문의는 대체로 여성에게서 걸려옵니다. 아무래도 여성은 자신의 일을 스스로 해결하려는 의지가 강하기 때문이라는 생각이 듭니다. 결혼 적령기가 점점 늦어지고 미혼이나 만혼이 늘어나는 현실을 보면 향후 이런 전화는 더 많아지리라 예상됩니다.

중년 여성뿐만 아니라 할아버지들에게서도 전화가 가끔 옵니다. 어느 날 80대인 할아버지에게서 전화가 왔습니다. 이 할아버지는 본인을 대학교수 출신이자 민속품 분야의 장인이라 소개하며, 손자들이 자신의 이런 이력을 잘 모르는 것 같아 죽기 전에 자신의 이력을 알리고 싶다고 말했습니다. 아들과 손자는 모두 좋은 대학을 졸업하고 유학을 다녀왔고, 현재는 사회적으로 제법 괜찮은 위치까지 올라 삶에 여유가 있다고 했습니다. 그런데 왕

래가 잦지 않으니 자신이 어떤 할아버지인지 잘 모른다는 것입니다. 그러면서 할아버지 본인도 정작 자신이 살아온 과정을 정리해보고 싶은데 무엇부터 시작해야 할지 너무 막막하다고 하였습니다.

의외로 이런 전화가 많이 걸려옵니다. 제주도에 사시는 80대 한 할아버지는 일본까지 전화를 걸어 생전에 미리 유품정리를 예약하고 싶다고 요청했다고 합니다. 이분은 가족이 있지만 자유를 만끽하고 싶어 가족과 떨어져 현재 혼자 살고 있다고 했습니다.

2021년 한 해 우리나라 사망자 수는 31만 7천8백 명(출처: 통계청)입니다. 2021년 우리나라의 총인구수는 약 5천1백 8십만 명(출처: 통계청)이고, 일본은 1억 2천6백만 명(출처: 일본 총무성)으로 일본이 대략 2.5배가량 많습니다. 이미 고령화가 진행된 일본의 2021년 사망자 수는 145만 명에 달합니다. 일본의 경우 이른바 단카이세대(團塊世代, 제2차 세계대전 직후인 1947년~1949년에 태어난 일본의 베이비붐세대)의 사망이 본격적으로 시작되었습니다. 우리나라도 베이비붐세대(한국전쟁 직후인 1955년~1963년에 태어난 세대)가 은퇴를 맞이했습니다. 이런 추세라면 가까운 미래에 우리나라 사망자는 한 해 60~70만 명씩 폭발적으로 늘어날 것입니다.

한마디로 많이 태어났으니 많이 사망하는 셈입니다. 오죽하면 고령사회를 '다사多死사회'라고 부를까요.

　고령사회에서는 평균수명이 길어져 고령자의 자녀도 고령이 되고 부모와 자녀가 동시에 돌봄과 죽음을 준비해야 하는 가구가 늘어납니다. 이미 은퇴해 경제력이 없는 베이비붐세대가 부모를 돌보고 장례까지 치러야 하며, 본인의 삶뿐만 아니라 죽음과 장례까지 함께 고민해야 합니다. 실제 일본에서는 74세 노인이 "엄마 미안해! 더이상 무리야!"라고 하며 치매로 병상에 누운 98세 부모의 목을 졸라 살해한 일까지 벌어졌습니다.

　'초고령화'라는 낯선 단어 앞에 선 개인과 가정, 국가는 복지라고 하는 큰 틀에서만 관심을 가질 뿐, 고통을 직면하고 있는 가족 구성원 간의 역할에 대해서는 손을 놓고 있는 느낌입니다. 지금까지 가족은 대가족 형태여서 고령자 돌봄과 상속재산의 정리 그리고 전통의 승계를 모두 가족 안에서 해결할 수 있었지만, 향후 저출생과 핵가족으로 인해 이제 가족이 아닌 다른 누군가가 이런 일들을 반드시 대신해야 합니다.

　불행하게도 초고령화는 개인의 삶과 가정에 치명적인 결과를 초래할지도 모릅니다. 뿐만 아니라 고령자인 독신 가구가 급격히 증가해 가족 안에서 더이상 젊은 사람이 노인을 부양할 수도 없고, 부양하지도 않는 시대가 닥쳐왔습니다. 이런 전통적인 가족 형태의 변화는 젊은 세대와 노인 세대를 분리시켰습니다.

가족의 형태나 생활에 대한 의식 변화는 이제 죽음조차 스스로 준비해야 하는 것으로 만들었습니다. 인문학 열풍 이후 유행처럼 웰다잉 Well-Dying 문화가 확산되고, 죽음학과 죽음 교육이라는 시장까지 만들어졌지만, 사람들은 여전히 죽음을 두려운 존재라고 생각해 애써 죽음에 관한 문제를 미리 생각하고 싶어 하지 않습니다.

하지만 어쩔 수 없이 맞이한 고령사회에서 죽음은 이제 우리 일상 속에 깊숙이 들어올 수밖에 없습니다. 저는 죽음을 교육할 만큼 죽음에 대해 잘 알지 못합니다. 게다가 죽어보지도 않았기 때문에 경험을 알려드릴 수도 없습니다. 다만, 죽음과 관련한 일을 하고 있기에 죽음과 관련한 현장에서 보고 느낀 삶과 죽음에 대해 많은 생각을 해볼 수 있었습니다. 죽음은 피할 수 있는 문제가 아닙니다. 어차피 맞이해야 할 일이라면 죽음을 현실로 받아들이고 죽음 앞에 당당히 맞서는 용기가 필요합니다.

저를 찾아왔던 60대 중반의 그 남성은 일을 잘 처리하고 있는지 모르겠습니다. 죽음이라는 것, 노부모님 봉양이라는 것이 남은 인생에 얼마나 큰 고민이고 숙제였으면 일면식도 없는 저를 찾아왔을까 생각해봅니다. 제 경험이 그에게 작은 도움이라도 되었기를 바랄 뿐입니다.

유품을 정리합니다

"실례하겠습니다."

아무도 없는 집이지만 고인에 대한 예의는 입구부터 시작됩니다. 예상하지 못한 제 인사에 동행한 의뢰인이 움찔하곤 합니다. 일반적인 방문 절차는 초인종을 누르고 집주인의 허락을 받은 뒤에 집 안으로 들어가는 것이지만, 홀로 살다 죽은 사람의 집에는 아무도 없기에 '이번에는 어떤 삶을 사신 분일까?' 안부를 묻는 마음으로 문을 열고 들어가며 허리를 굽혀 인사를 하곤 합니다.

집 안에 들어가 보면 마치 도둑이 든 것마냥 온 집 안을 엉망진창으로 만들어 놓아 난장판이 된 경우가 많습니다. 아무리 죽은 사람은 말이 없다지만 '이건 너무 심한데…'라는 생각에 미간이 찌푸려지기도 합니다. '지금은 아무도 살지 않지만, 얼마 전까지 고인의 따뜻한 손길이 묻어 있던 공간이었을 텐데…' 고인에게 미리 위임장만 받았더라면 이렇게 만든 사람을 나무라고 싶습니다. 심지어 신발을 신은 채 안방까지 들어와 속옷을 마구 헤집어 놓은 가족도 있었습니다. 바닥에 떨어진 시든 목련 꽃처럼 여기저기 나뒹구는 더럽혀진 속옷을 보면 '다른 사람의 죽음은 산 사람에게 이런 것인가?' 허망한 생각이 앞서기도 합니다.

"유세차. 경자년 삼월 초사흘 효자 ○○ 감소고우…" 고인은 비록 저를 초대하지 않았지만, 저는 초와 향에 불을 붙이고, 사진으로 처음 대하는 고인에게 인사를 합니다. 상 위에 영정과 위패를 모시고, 고인이 사용하던 밥그릇에 물을 따라 예를 갖춥니다. 상 옆으로는 이 공간에 함께한 산 사람의 수만큼 생수병을 놓습니다. 만약 고인이 살아 계셨다면 자신의 일을 해주러 온 사람들에게 시원한 물을 대접했겠지요. 고인을 대신해 잘 부탁한다는 마음으로 생수를 놓습니다.

절을 대신해 묵념으로 영면한 고인을 깨우고 양 무릎을 바닥에 대고 꿇어앉아 축문을 읊습니다. 제사를 지내는 것이 아니니 술은 준비하지 않습니다. 허락 없이 고인

24

의 물건에 손을 대는 것에 양해를 구하고, 고인이 살아생전 다루던 그 마음으로 대하겠다는 다짐을 합니다. 일로 모인 사람들과 고인과 관련한 사람들이 한마음으로 고인의 생각이나 의도를 있는 그대로 반영하겠다고 다짐하는 절차입니다. 이런 절차가 무슨 의미냐고 할 사람도 있을 것입니다. 하지만 죽은 사람은 자신의 일을 스스로 할 수 없으니 어쨌든 산 사람이 해야만 합니다. 언젠가 제 유품도 누군가 저와 같은 마음으로 정리해주길 바라며 이런 절차에 정성을 다합니다.

저는 돌아가신 분들의 유품을 정리하는 일을 합니다. 고인이 남긴 것을 분류해 남길 것과 버릴 것을 골라 정리합니다. '그런 직업도 있어?'라고 생각할지 모르지만, 이 일을 시작한 지 어느새 15년이 되었습니다.

대학을 졸업하고 대기업에 다니다가 유통과 무역을 하는 회사를 차렸습니다. 한국과 일본을 오가며 회사 규모를 키우던 중 젊은 직원 한 명이 사망하는 사고가 있었습니다. 업무 중 재해는 아니라서 보험 문제가 복잡하게 얽혔습니다. 청년이 아깝게 죽었는데 보험금만 따지는 현실이 서글펐습니다. 돈은 벌었지만 이렇게 사업하는 게 맞는지, 인생에 대한 회의가 들었습니다.

그 무렵 일본 공영방송 NHK에서 방영한 다큐멘터리를 보게 되었습니다. 한 남성이 유품을 정리하는 내용이었는데, 프로그램 제목이 '천국으로의 이사를 도와드립니다'였습니다. 당시 저는 사망한 직원의 유류품 중 회사 차 열쇠를 받으러 가야 했습니다. 회사 대표로서 젊은 아들을 먼저 보낸 부모를 만나 열쇠를 돌려받아야 한다니, 그 순간이 마치 형벌 같았습니다.

몇 번의 시도 끝에 다큐멘터리에 나온 일본 유품정리회사의 대표를 만났고, 왜 이 일을 하고 싶은지 진지하게 이야기했습니다. 일본 회사 대표는 아무 조건 없이 도와줄 테니 한번 해보라고 흔쾌히 승낙했고, 일본 연수 후 지금은 의형제가 되어 그와 친 형과 아우처럼 지내고 있습니다.

이 일을 만나기 전까지는 빈손으로 왔다가 빈손으로 가는 것이 인생인 줄 알았습니다. 그런데 이 일을 하고서 사람이 죽으면 삶의 흔적을 무수히 남긴다는 사실을 알게 되었습니다. 가족 수가 많았던 예전에는 생활공간이 '방' 단위로 나뉘었지만, 요즘은 핵가족이라 각자 다른 집에서 삽니다. 한 사람의 사망은 곧 집 한 채 분량의 유품이 생긴다는 의미이기도 합니다.

고인이 사망한 집에 남은 가재도구를 가족이 모두 가

겨가면 좋겠지만, 현실적으로 남은 가족들도 공간이 부족해 유품을 가려내지 않으면 안 됩니다. 게다가 초고령화로 인해 부모와 자녀, 혹은 형제가 모두 노인이 된 집도 많습니다. 자녀나 형제가 유품을 물려받아도 곧 다시 유품이 되기도 합니다. 또 사는 공간이 분리되어 있다 보니 가족 간에도 다른 가족의 생각을 잘 모르기도 합니다. 최근에는 노인 세대와 젊은 세대의 가치관과 삶의 기준이 달라 어떤 것을 유품으로 남겨야 할지도 문제입니다.

아파트 한 채 분량의 가재도구는 다 꺼내 놓으면 그 양이 어마어마합니다. 5톤 차량 한 대가 넘는 경우도 있습니다. '유품은 가족이 정리하는 것 아니야?'라고 고개를 갸우뚱하실 분도 있겠지만, 여러 가지 이유로 누군가에게 부탁해야 하는 사정이 있는 분들도 의외로 많습니다.

한 사람이 갑자기 사망하면 장례를 치르기도 힘이 듭니다. 일가친척이 모여 집안의 큰 행사를 치르느라 며칠을 정신없이 보냅니다. 겨우 한숨을 돌리고 부조금과 장례식에 소요된 비용을 정산하고, 문상 온 손님께 감사 인사를 전하지만 그 일을 마치기도 전에 자신이 하고 있는 현업에 복귀해야 합니다. 그런데 또 하나의 큰일이 남습니다. 고인이 살던 집을 정리하는 일입니다.

단순히 빈집을 정리하는 일이라면 폐기물 처리업체에

의뢰해 한 번에 처분하면 되지만, 고인의 물건은 유족과 관련된 것도 있습니다. 게다가 아무리 죽은 사람은 말이 없다지만, 일기장이나 속옷처럼 지극히 사적인 물건을 함부로 만지기가 가족된 입장에서 고인에 대한 도리가 아니라는 마음도 들 수 있습니다.

엄밀히 말하면 의뢰인은 물건의 주인이 아닙니다. 사망으로 인해 상속이 개시되었을 뿐 아직 소유자가 명확히 가려진 것도 아니라 법률적인 문제도 있습니다. 이 때문에 저는 예의를 다해 장례를 치르며 '주인과 함께 천국으로 이사를 보낸다'는 마음으로 물건을 다루고 있습니다. 유품을 정리하는 행위는 죽은 사람을 위한 일이지만, 산 사람을 위한 일이기도 합니다. 이런 의미에서 유품을 정리하는 일은 유가족에게 사별로 인한 상실에서 오는 슬픔을 치유하는 '**그리프 케어**'°라고도 할 수 있습니다.

° **그리프 케어** grief care
사별을 경험하면 자신도 모르게 죽은 사람을 그리워하는 마음을 중심으로 일어나는 감정과 정서에 사로잡히게 됩니다. 또 한편으로는 사별이라는 현실에 대응하여, 이 궁지를 어떻게든 벗어나려고 합니다. 공존하는 두 마음 사이에서 흔들림이 일어나 불안정한 심리 상태가 됩니다. 동시에 신체적으로도 불쾌한 반응과 위화감을 경험합니다. 이것을 '그리프'라고 합니다. 그리프의 시기에는 '자신은 누구인가' '죽음이란' '죽은 사람이란' 등 실존적 물음을 하게 됩니다. 이런 상태에 있는 사람에게 자연스럽게 다가가 도와주는 것을 '그리프 케어'라고 합니다. (출처 : 일본 그리프케어협회)

제 일이 돌아가신 분과 관련된 일이라 그런지 저는 매일 죽음을 이야기하고 죽음을 생각합니다. 유품정리를 하다 보면 청년과 노인, 남자와 여자, 자연사와 자살, 병사와 객사 등 다양한 죽음을 만나게 됩니다. 그래서 사실 엄밀히 말하면, 제 일은 사람이 죽은 다음에 행해지는 일이지만, 다양한 사람들의 삶을 보는 일이기도 합니다.

고인의 마음을 전합니다

일본 연수를 마치고 한국에서 유품정리 서비스를 시작하게 되자 걱정이 앞섰습니다. '과연 우리나라에 이런 서비스가 필요한 사람들이 있을까?' '유품정리 서비스를 어떻게 알려야 하지?' 하는 생각 때문이었습니다. 저뿐만 아니라 직원들도 일본으로 보내 장기간 연수를 시켜야 하니 비용과 수익도 고려 대상이었습니다. 매출이 없는 상태라서 비용만 계속 발생했고, 사업을 지속하기 위해서 홍보도 필요했습니다. 이 때문에 죽음과 관련된 곳이라면 어디든 달려갔습니다.

장례식장을 돌며 홍보물을 나눠드리기도 하고, 시신을 운반하는 차를 따라다니기도 했습니다. 서비스 문구가 쓰인 회사 차량을 화장장으로 보내 유족들의 시선을 끌기도 했습니다. 인터넷으로 연관 검색어 광고도 했지만, 크게 효과가 없었습니다. 장례업에 종사한 적도 없어 이 분야에 지인이 없었습니다. 심지어 장례업을 하는 사람들조차 '유품정리사'가 어떤 일을 하는지 제게 물었습니다.

그런 오랜 기다림 끝에 반가운 연락이 왔습니다. 대형 병원 장례식장 팀장의 소개로 첫 일을 하게 된 것입니다. 일반적인 사업이라면 처음 들어온 의뢰에 기뻐하기 마련이지만, 누군가 죽어 들어온 의뢰이기에 마냥 기쁠 수가 없었습니다.

의뢰받은 곳은 혼자 살던 사람이 화장실에서 스스로 목을 매어 목숨을 끊은 사연이 있는 집이었습니다. 대기업 건설사가 새롭게 지은 복층 구조의 원룸이었는데, 승강기를 몇 차례 오르락내리락했는지 모를 정도로 정신이 없었습니다. 고인인 임차인의 가족 입장에서는 어떻게든 빨리 원상복구를 하여 빈집으로 만들어야 임대보증금을 돌려받을 수 있었습니다. 그들은 계약의 당사자도 아니어서 되도록 집주인을 만나지 않으려고 했습니다. 이에 반해 집주인은 자신의 집에 새로 임차인을 구해야 하는데 이런 사정이 있는 집에 누가 들어오느냐며 애꿎은 저에게 항의했습니다. 이웃 주민의 민원이라도 있을까 봐

관리실 눈치를 보아가며 조심스레 처리하느라 꼬박 하루가 걸렸습니다. 솔직히 말하면 유품을 정리했다기보다 화장실에서 목을 맨 고인의 몸에서 흘러나온 신체 일부와 고인이 남긴 물건을 벌벌 떨며 치우기 급급했고, 유족과 집주인의 시야에서 빨리 사라지고 싶은 마음에 집 안의 물건을 없애기에 여념이 없었습니다. 부질없는 말이긴 하지만, 다시 기회가 주어진다면 고인을 위해 제대로 일을 해드리고 싶습니다. 하지만 이미 사라진 유품을 되돌려 놓을 수도 없고, 첫 작업이었던 만큼 미숙한 점도 있어 지금도 그때를 생각하면 고인에게 죄송한 마음에 고개를 들기 어렵습니다.

사용하던 물건의 색상과 스타일, 놓아둔 위치를 찬찬히 보면 고인의 성격과 생활상을 추측할 수 있습니다. 우리는 이왕 가족이 되었다는 마음으로 일하기로 했으니, 고인이 전하려는 의도가 있었던 건 아닌지 물건 하나하나에 꼼꼼히 신경을 씁니다. 주의를 기울이고 보지 않으면 의도를 파악하지 못하고 스쳐 지나갈 수 있어 항상 신경이 곤두섭니다. 언제인지 모를 자신의 마지막을 생각하며 가족들에게 직접 메모를 남긴 경우라면 쉽게 고인과 대화할 수 있습니다. 행여나 자신이 없을 때 가족들이 곤경에 처할 것을 대비해 순서를 정하거나 표시를 해둔 경우에는 저절로 존경의 마음이 일곤 합니다. 이런 고인의 의도는 반드시 가족에게 전해야 합니다. 만일 가볍게 여기고 흘렸다간 고인이 제 꿈에 나타나 나무랄 것만 같습니다.

가끔은 일을 하다 말고 주저앉아 펑펑 울 때도 있습니다. 유품을 통해 생각을 따라가다 보면 고인의 마음을 읽을 수 있고, 그 마음이 제 인생과 겹쳐져 심하게 감정이입을 하는 경우도 있습니다. 한편으로는 고인이 살았을 때 가족들이 이 마음을 알았더라면 얼마나 좋았을까, 하는 아쉬움에 안타까운 마음이 들기도 합니다. 늦었지만, 돌아가신 분의 그런 마음의 표현을 발견하면 남은 사람들에게 반드시 메시지를 전달해드립니다. 그러면 가족이 사는 동안 후회를 조금은 덜 하겠지요.

유품정리를 의뢰하는 유형은 다양합니다. 혼자 살다 사망한 분부터 두 분이 살다 한 분만 남게 된 경우, 가족이 함께 살던 집에서 고인의 방 한 칸만 정리하는 경우 등 여러 사례가 있습니다. 각자 가진 사정은 다르지만, 유가족은 모두 이별로 인한 슬픔에 잠겨 있습니다. 그런데 현장에서 유족들과 대화를 나눠보면 고인이 평소 어떻게 살았는지 잘 모르는 경우가 있습니다. 그런 경우 실외에 있는 물건은 누구 것인지 알 수가 없어 애를 먹습니다. 화분이나 장독대부터 자전거까지 그 종류도 다양합니다. 심지어 자동차가 어디에 주차되어 있는지 모를 때도 있습니다. 경비원이나 이웃 주민의 이야기를 듣고 찾아보지만, 아마 아직도 어딘가에 방치된 채 남아 있는 것들이 있을지도 모릅니다.

의뢰를 받아 고인의 집으로 들어가면 가장 먼저 음식물의 상태를 살핍니다. 유품정리를 위해 여러 가지 일을 하다 보면 처리하기 힘든 일도 많지만, 음식물은 고인의 생활상을 알 수 있는 중요한 단서이기에 그냥 지나칠 수 없습니다. 몇 달째 비어 있는 집이더라도 냉장고만 보면 고인이 직전에 어떻게 생활했는지 알 수 있습니다. 49재를 지내고서 작업을 의뢰하는 경우가 많아, 냉장고 안의 음식물은 대부분 유통기한이 지났고, 먹다 남은 반찬에는 푸른색 곰팡이 꽃이 피어 있습니다. 음식을 가지러 온 것이 아니라서 고인의 집에 있는 김치냉장고 문을 열 때면 걱정이 앞서곤 합니다. 김치 한 조각이라도 하얗게 다시 빨아야만 음식물 쓰레기 봉투에 담아 처리할 수 있습니다. 그런데 모두 정리해야 하는 입장에서는 버리는 음식물의 양이 너무 많을까 염려가 되곤 합니다.

김치를 씻다 보면 이 김치가 어떤 과정으로 이렇게 담

겼을지 모습이 그려집니다. 배추를 씻고 소금에 절여 하룻밤을 숨죽이고, 강판에 간 배와 양념을 버무려 치대기까지 고인이 허리를 몇 번이고 굽혔다 폈을 걸 생각하면 다시 하얗게 만드는 작업에 죄책감마저 들 정도입니다. 혼자 사는 노인이 다 먹지도 못할 정도로 왜 이렇게 많은 김치를 담갔는지… 가족을 향한 부모의 마음을 냉장고 속 김치를 치우며 확인하곤 합니다. 이쯤 되면 아무렇지도 않게 음식물을 모두 버려달라고 말하는 자녀들이 야속하게 느껴지기도 합니다. 최소한 부모의 마음을 한 번쯤은 생각하고 느끼기를 바랄 뿐입니다.

한 해 한 해 현장 경험이 쌓이면서 물건을 좀 더 세심하게 보게 되었습니다. 이제는 저도 모르게 직업병 같은 것이 생겨 다른 사람의 집을 방문하면 여기저기 유심히 보게 되고, 특히 혼자 사는 노인의 집을 방문하면 더욱 세심히 관찰합니다. 혼자 사는 노인의 집을 정리하는 경우 유품은 매우 각별한 의미를 가집니다. 유품에서 자녀를 향한 부모의 마음을 느낄 수 있기 때문입니다.

상조회사에서 서울 강남의 한 대단지 아파트에서 혼자 사시던 할머니가 돌아가셨다고 유품정리 작업을 의뢰해 왔습니다. 의뢰인은 며느리였는데, 같은 아파트 다른 동에 살고 있었습니다. 아파트 평수가 넓어 오후 늦게 정리가 끝날 것 같다고 말했더니, 의뢰인은 현관문만 열어주고 사라졌습니다. 그러고는 집이 다 정리된 뒤에 다시 만날 수 있었습니다. 고인이 돌아가시기 전 생활에 대해서는 아파트 경비원과 이웃 주민을 통해 이야기를 들을 수 있었습니다. 할머니는 의대에 들어간 아들을 뒷바라지하느라 고생을 많이 했다고 합니다. 할머니의 앨범에는 봇짐을 든 아낙네와 리어카 앞에 선 중년의 부인, 속옷가게로 보이는 가게의 낡은 셔터 앞에 선 할머니의 모습을 담은 사진이 순서대로 정리되어 있었습니다.

할머니에게는 두 명의 손주가 있었는데, 학교와 학원을 다니느라 할머니를 만날 기회가 그다지 없었다고 합니다. 병원 일로 바쁜 남편을 대신해 며느리가 자주 찾아왔지만, 할머니는 늘 홀로 시간을 보냈다고 합니다. 할머니의 집 서재 방에는 마치 DJ박스처럼 레코드 엘피판이 한쪽 벽장을 가득 채우고 있었습니다. 유품정리를 모두 마치고 열 박스가 넘는 엘피판을 건네주기 위해 아들이 근무하는 병원을 찾았더니, 그는 한숨을 쉬며 이렇게 말했습니다.

"취미로 엘피판과 오디오를 모았습니다. 어머니와 함께 시간을 보내기 위해 그것들을 일부러 어머니 집에 가져다 두었는데, 그조차 마음뿐이었군요."

할머니의 장롱 속에는 남성의 것으로 보이는 짜다 만
하얀색 스웨터가 뜨개바늘이 꽂힌 실타래와 함께 바구니
에 담겨 있었습니다.

그리고 남겨진 것들

저는 미술에 대해 잘 모르지만 돌아가신 분의 유품을 정리하다 보니 예술품 창작을 위한 작업에 참여할 기회가 있었습니다. 베니스비엔날레에서 은사자상을 수상한 임홍순 작가가 다큐멘터리 영화 〈우리를 갈라놓는 것들〉이라는 작품을 제작할 때 작품의 오브제가 된 한 할머니의 유품을 일본에서 들여오는 일을 돕기도 했습니다.

생활에 쓰이는 갖가지 물건이 미술 작품에 그대로 이용된 것을 '오브제objet'라고 합니다. 일반적으로 주제에 대응하여 일상적이고 합리적인 의식을 파괴하는 물체 본연의 존재 방식을 가리키는 말입니다. 나뭇가지라든가 동물 가죽 등 자연에서 유래한 물체를 사용하는 경우도 있고, 공산품을 사용하는 경우도 있습니다. 일상생활에 쓰이는 모든 물체는 그 나름의 용도나 기능 또는 독특한 의미를 지니고 있게 마련입니다. 그러나 이런 물체가 일단 오브제로 쓰이면 그 본래의 용도나 기능은 의미를 잃고, 이때까지 우리가 미처 체험하지 못했던 연상작용이나 기묘한 효과를 얻을 수 있게 됩니다.

일본에는 '죽은 사람이나 헤어진 사람을 기억하게 하는 물건'이라는 뜻의 '카타미形見'라는 단어가 있습니다. '카타미'는 아버지가 유품으로 남긴 만년필처럼, 아련한 추억을 떠올리게 하는 특정한 물건이나 개인적으로 의미를 부여하는 물건을 말합니다. '카타미와케形見分け'라고 하는 문화도 있어 한 사람이 사망하면 고인의 지인들에게 유품을 나누어주기도 합니다.

섬나라인 일본은 지진이나 화산 등 자연재해가 많이 일어납니다. 지진으로 인한 쓰나미가 들이닥치면 한 마을 전체가 흔적도 없이 사라집니다. 이런 일이 종종 일어나기 때문에 사람들은 또 언제 자연재해가 들이닥칠지 모른다는 불안 속에서 살게 됩니다. 순식간에 많은 사람들이 죽거나 다치고 마을이 물에 잠겨 엄청난 피해를 입지만, 살아남은 사람들은 마냥 슬퍼하기보다 현실을 극복하려고 애를 씁니다.

시신조차 찾기 힘든 자연재해의 피해 속에서도 사람들은 갑자기 사라진 사람을 떠올리려 고인의 흔적을 찾아 헤맵니다. 이 때문에 그들은 아이가 태어나면 인형을 만들어 일정한 나이가 될 때까지 공양을 하고, 혹시 모를 사태가 발생하여 시신을 찾지 못하면 고인을 연상하는 오브제로 장례식에 사용합니다. 이런 의식은 전쟁에 나가는 군인들이 머리카락이나 손톱을 잘라 미리 보관함에 넣어두었다가 전사하여 시신을 찾지 못하게 되면 인식표와 보관함으로 장례를 치르는 것과 같은 이치입니다. 이런 행위들에는 죽은 사람을 좋은 곳으로 보내고 싶어 하는 추모의 마음도 있지만, 스스로를 위로하고자 하는 살아남은 사람의 마음도 담겨 있습니다.

같은 물건이라도 물건에 의미를 어떻게 부여하느냐에 따라 물건의 가치는 달라집니다. 유품을 정리하다 보면 고인이 남긴 물건을 붙잡고 오열하는 유족을 자주 보게 됩니다. 어릴 때 함께 만든 장난감부터 고인이 선물로 준 낡은 지갑까지, 다른 사람에게는 아무 의미도 없는 물건을 가슴에 품고 하염없이 울고 있는 자녀들을 봅니다. 가계부에 적힌 '사랑하는 사람에게 주기 위해'라는 메모 한 줄을 보며 말없이 눈물을 흘리는 배우자를 보노라면 저도 모르게 함께 눈물을 흘리게 됩니다.

물건 하나하나 오브제나 카타미로 쓰일 수 있는 가치나 의미가 있음에도 한 사람이 살았던 집에서는 한꺼번에 너무 많은 물건이 나옵니다. 그 양이 어마어마하지만 대부분 버려집니다. 만약에 하늘에서 고인이 이 모습을 내려다본다면 당장이라도 달려와 '무슨 짓 하는 거야!'라며 나무라겠지만, 어쩔 수 없이 버려야 하니 저는 그중에서 남길 만한 것을 골라내야 합니다.

유족들의 각기 다른 사정을 고려해 물건마다 우선순위를 정하고, 이번 기회를 놓치면 두 번 다시 물건을 찾을 수 없으니 유족과 함께 후회 없는 '유품 남기기'를 해야합니다. 저는 이런 과정을 '유품정리'라고 부르며, 고인이 남긴 것을 '유품' 또는 '귀중품'이라고 합니다. 즉 고인이 남긴 물건 가운데 오브제나 카타미의 의미가 담긴 추억의 귀중품을 유족과 함께 고르는 과정이 진정한 유품정리입니다.

고인을 대신해 유품을 정리하는 저는 한꺼번에 많이 쏟아져 나오든 말든 고인이 남긴 모든 것을 쓰레기가 아니라 '귀중품'이라고 생각합니다. 고인과 유족 사이에서 유품의 의미를 정의하고, 유족에게 오브제를 찾아주며 슬픔을 달래주는 것이 저의 역할입니다.

무더운 여름날, 스물일곱 살이던 공대생이 스스로 목숨을 끊은 고시원 원룸을 정리한 적이 있습니다. 무엇이 그렇게 힘들었는지 모르지만, 젊은 고인은 화장실에서 목을 매 목숨을 끊었습니다. 아무리 찾아도 유서나 메모는 나오지 않았고, 노트북이 잠겨 있어 평소 생각이나 행적도 알 수 없었습니다. 변사사건을 담당한 경찰관조차 자살의 동기를 알 수 없어 너무 의아한 나머지 유품정리 현장을 다시 찾아올 정도였습니다. 고인의 옷장에는 예비군 휘장이 있는 해병대 군복이 걸려 있었습니다. 빨간색 티셔츠와 속옷은 빨아 건조대에 널려 있었고, 책상 위 모퉁이에는 운동할 때 먹는 단백질 보충제 두 통이 있었습니다.

'곧 자살을 할건데 빨래와 건강을 챙긴다?' 저는 선뜻 이해가 되지 않았습니다. 게다가 그는 비행기표 한 장과 여행용 캐리어를 준비해 놓았습니다. 검정색 캐리어는 바퀴가 아직 닳지도 않은 새것이었습니다. 비슷한 나이의 딸아이가 있는 저는 그가 남긴 유품을 하나하나 매만지며 자식 같은 젊은이의 죽음 앞에서 하염없이 눈물을 흘렸습니다. 유가족에게 노트북과 유품을 건네줄 때 여행 캐리어도 함께 전달했지만, 유족은 필요 없으니 처분해달라고 요청했습니다. 저는 그 가방을 차마 버리지 못하고 가지고 왔고, 이후 청년을 대신해 제가 그 가방을 끌고 다니며 그 가방 안에 다른 유족들에게 전달할 유품을 넣어 전국의 유품정리 현장을 돌고 있습니다.

어느 날에는 넓은 집에서 작은 집으로 이사한 지 얼마 되지 않은 한 할머니의 집 정리를 의뢰받았습니다. 이사한 지 얼마 지나지 않아 냉장고나 TV, 에어컨은 거의 새 것이었고 중고로 팔 수 있는 물건도 많았습니다. 돈으로 바꿀 수 있는 물건이 있는 경우, 유품정리 서비스 비용을 중고물품 판매대금으로 상계 처리해 받는 일도 있어 지역 신문에 게재된 재활용업체를 불러 매각 절차에 들어 갔습니다. 그런데 재활용업체는 멀쩡하게 작동이 되는 전기밥솥을 불에 그을린 자국이 있다고 가져가지 않았습니다. 전기를 꽂고 테스트를 해보았더니 작동이 잘 되었습니다. 폐기하기엔 너무 아까워 누군가 이 전기밥솥을 사용할 사람이 있을 거란 생각에 인터넷 중고사이트에 해당 물건의 출처와 하자를 자세히 적어 사진을 찍어 올렸습니다. 그러자 곧바로 사고 싶다는 사람이 나타났습니다. 박스 포장비에 배송비만 보탠 말도 안 되는 가격 때문이었습니다. 전화기 너머로 청년의 밝고 쾌활한 목소리가 들렸습니다.

"저기요, 전기밥솥을 사고 싶어 전화를 드렸는데요. 외

관에만 문제가 있고 작동에는 문제가 없는 거죠? 밥은 잘 되나요?"

저는 물었습니다.

"이 전기밥솥이 왜 필요하세요?"

음악을 하기 위해 집을 떠나온 세 청년은 옥탑방에서 합숙을 시작했고 전기밥솥이 꼭 필요하다고 했습니다. 저는 이 밥솥의 출처를 설명한 뒤 전화를 건 청년에게 숟가락과 밥그릇은 있는지 물었고, 그는 세 사람 모두 악기만 들고 나와 살림살이가 아무것도 없어 모두 구입해야 한다고 했습니다.

저는 제일 큰 박스를 하나 구입해 우선 전기밥솥 안에 밥그릇과 수저, 컵 등 할머니의 부엌에서 나온 주방용품을 채워 넣었습니다. 그러고는 전기밥솥을 수건으로 감싸 박스 안에 넣고 나머지 빈 공간에는 할머니의 집에서 나온 뜯지도 않은 비누와 샴푸, 세제 등을 한가득 담아 박스를 우체국으로 가지고 갔습니다. 다음 날 청년에게서 소포를 잘 받았다는 전화가 왔습니다.

"선생님 감사합니다. 정말 큰 도움이 되었습니다. 이 은혜 잊지 않겠습니다. 저희가 좋은 음악 많이 만들어서 반드시 보답하겠습니다."

청년은 환한 목소리로 연신 감사하다는 말을 했습니다.

매번 현장에서 다른 사람의 물건을 처리하면서 '고인이라면 어떻게 했을까?' 또는 '내가 한 행동을 고인은 어떻게 평가할까?'라는 질문을 스스로 던져봅니다. 가끔은 고인이 제게 '당신 참 잘했어! 고마워!'라고 칭찬해줄 것만 같아 꿈에라도 나타나길 기대하지만, 아직 한 분도 나타나지 않아 살짝 서운한 마음이 듭니다.

그 집에 살던 사람

돌아가신 분의 유품을 보면 개인의 성격과 취향, 취미 등을 유추할 수 있습니다. 집 안 물건의 상태를 보면 한 사람의 인생이 보일 정도입니다.

'아! 이 분은 빨간색을 좋아하셨구나…' '취미가 성냥갑 모으기였네?'

위장약을 보면 속이 많이 불편하셨나 보다 생각하고, 한켠에 쌓인 컵라면 빈 용기를 보면 '아이고, 밀가루 음식은 위장에 안 좋은데 좀 적게 드시면 좋았을 텐데…'라고 생각하기도 합니다. 물론 고인들은 이미 이 세상에 존재하지 않으니 저에게 직접 말한 건 아닙니다. 그저 고인이 남긴 유품으로 고인의 생활을 짐작하고 의도를 읽을 뿐입니다.

안방으로 들어가면 고인의 생활을 본격적으로 알 수 있습니다. 장롱과 옷장 안에 걸린 옷들이 제조연도에 따라 색상이 변하는 것을 보며 고인의 심리 변화를 유추하기도 하고 의류 브랜드만으로도 고인의 스타일과 소비습관을 읽을 수 있습니다. '왜 이렇게 입고 나갈 옷이 없는 거야?' 현실을 한탄하는 소리도, '이 옷은 괜히 샀어!' 하는 후회의 소리도 들리는 듯합니다. 자신이 세상 떠날 때를 짐작하고 남은 가족을 위해 손으로 직접 '중요한 물건'이라고 써놓으신 분도 있고, 마치 '선생님, 이건 꼭 좀 전달해주세요. 아주 중요한 것입니다'라고 말하는 듯 호주머니마다 천 원짜리 몇 개와 동전을 넣어놓아 옷장 안의 모든 옷을 수색하도록 유도한 분도 있습니다. 그 덕분에 중요한 문서를 발견할 수 있었습니다.

고인의 지갑을 열었다가 20년 전 이혼했던 사연이 담긴 소장을 발견한 적도 있습니다. 이 소장은 마치 고인이 제게 '이 이야기를 꼭 하고 싶었어요. 가족들에게 당시 내 마음이 이랬다는 걸 좀 전해줘요'라고 말하는 듯했습니다. 어떨 땐 '젊은 양반, 내가 이것은 못 버렸네. 미안하지만 이것만은 좀 비밀로 해주게나'라는 듯 비밀스러운 메시지가 담긴 메모를 발견하기도 합니다.

조금 민망하지만 성적으로 특별한 취향을 가진 분도 있습니다. 무심코 열어본 서랍에서 아무것도 걸치지 않은 고인의 모습이 담긴 비디오테이프가 나오기도 합니다. 심지어 저장된 영상을 확인하기 위해 캠코더에 전원을 연결했다가 갑자기 낯 뜨거운 장면이 나와 누가 보기 전에 재빨리 폐기한 일도 있습니다. 사회적으로 명망 있는 분도 있어서 이런 경우라면 더욱 조심스럽습니다. 유품을 정리할 때 고인의 좋은 것만 남겨서 돌아가신 분의 체면을 지키고 명예를 보호하는 것도 제가 해야 할 일 중 하나이기 때문입니다. 하지만 이럴 때는 "이런 건 좀 미리미리 스스로 처리했으면 좋았겠습니다"라고 작은 목소리로 고인께 조언하기도 합니다.

책상 위 또는 책장에 꽂힌 책을 보면 고인이 마지막까지 어떤 마음이었는지 알 것 같습니다. 암으로 사망한 분의 책장에는 어김없이 면역증진이나 암 정복에 관한 책이 몇 권 있습니다. 건강에 관한 책을 보면 평소 고인이 건강에 대해 얼마나 관심을 많이 가졌는지 짐작할 수 있습니다. 그런데 집 안 어디에서도 운동기구나 운동복을 볼 수 없어 책보다 가까운 스포츠센터를 다니셨으면 좋았을 텐데, 하는 아쉬움을 느낍니다.

피아노 학원 회원증과 함께 노래 교실에서 나눠준 악

보를 볼 때면 환하게 웃고 있는 고인의 모습을 떠올리게 됩니다. 낚시용품과 십자수용품을 보면 고인의 취미 활동이 그려집니다. 너무 많은 돈을 들여 장비나 도구를 갖춘 것을 볼 때면 '외로우셨구나!' 하는 생각이 듭니다. 외로워서 이런 취미를 가진 것인지 아니면 이런 취미를 가져서 외로웠던 것인지 구분이 되지 않을 때도 있습니다. 그러면서 '이왕이면 가족과 함께할 수 있는 취미였다면 좋았을 텐데'라는 아쉬움에 저를 반성해보기도 합니다.

서랍을 열어보면 고인의 생활 방식을 알 수 있습니다. 어떤 분들은 네모난 바구니를 활용해 종류별로 내용물을 정갈하게 정리해 놓아 감탄을 자아내게 합니다. '이렇게 정리를 잘 해놓으셨구나' '아니, 이런 방법이 있었다니 나도 배워야지' 그러다 서랍에서 망가진 CD플레이어나 잡동사니가 나오면, '에휴, 이걸 왜 여기다 넣어놓으셨을까?' '그냥 이건 버리는 게 좋았을 텐데…'라는 생각도 합니다.

이사를 하거나 집을 대청소하기 위해 집 안에 쌓아놓은 물건을 끄집어내고 보면 생각지도 못하게 물건이 너무 많아 깜짝 놀라곤 합니다. 실제 유품을 정리하다 보면 우리가 너무 많은 물건을 가지고 산다는 걸 실감합니다. 한 사람이 생활하는 데 이처럼 많은 물건이 필요할까 싶지만 또 막상 필요 없는 물건은 하나도 없어 보입니다. 각자 사는 방식이 천차만별이니 세상의 모든 물건은 다 나름대로 이유가 있겠지요. 물론 엄밀히 따져 '이런 건 옆집에서 잠시 빌려 써도 될 텐데…' 싶은 물건도 많습니다. 게다가 밖에 나와 눈에 쉽게 띄는 물건이라면 모르지만, 수납공간 안에 박혀 잊힌 물건 가운데에는 포장도 채 뜯지 않은 것들도 많습니다. 아마 고인은 아까운 마음에 쓰지 못했을 텐데 이미 유행이 지났거나 유족 중 아무도 가져가지 않는다면, 저는 어쩔 수 없이 버려야 합니다.

한참 고인과 숨바꼭질을 하다가 가끔 고인이 꼭꼭 숨겨둔 물건을 찾아내기도 합니다. '아니 돈을 왜 여기다 숨겨놓았을까?' '보석이 여기에 떨어져 있는데 얼마나 찾았을까?' '이건 고인도 잊어버렸을 거 같은데… 아휴, 안타까워라.'

고인이 썼던 일기장이나 가계부를 살피다 퍼질러 앉아 고인의 생각을 따라 정신을 놓을 때도 있습니다. 명패나 교육수료증, 자격증같이 오랜 시간을 투자해 얻은 인생의 과정도 고인과 상관없는 사람이 정리하면 단 몇 초만에 모두 사라지고 맙니다. 이 때문에 유족들이 고인의 삶을 이해하는 데 제가 정리한 유품들이 조금이라도 도움이 된다면 그것으로 제 유품정리는 의미를 가집니다.

'이 자격증을 따기 위해 얼마나 노력하셨을까?' '참 많은 시간을 투자하셨겠구나.' 고인의 삶을 보며 나 혼자 감흥을 느끼는 것이 미안할 뿐입니다. 그래서 정리가 끝나면 유족에게 고인이 남긴 것에 대해 설명을 해드리는 시간을 가지려고 애씁니다. '고인은 이런 생각을 하셨더군요.' '이런 일이 있었던데 알고 계셨나요?' '다른 가족들에게 알리지 않으려 일부러 숨기신 듯합니다.'

이런 이야기를 전하면 자리에 풀썩 주저앉아 우는 사람도 있고, 벽을 치며 통곡하는 사람도 있습니다. 평소 고인과 나누지 못한 마음이 아파서, 고인의 모습이 떠올라 눈물을 보이는 유족들의 반응에 제 마음도 저릿해옵니다.

유품을 정리하면서 저는 나름대로 원칙을 세웠습니다. 고인의 유품을 보며 '감성적으로 접근하지 말자' '한 사람의 인생을 내 지식과 경험으로 왜곡해서 보지 말자'는 것입니다. 유품에는 한 사람의 삶이 오롯이 담겨 있습니다. 제가 모르는 나름의 이유가 있을 테니 '그냥 있는 그대로 받아들이자'고 생각합니다. 고인이 살아 있다면 물을 수도 있겠지만 그리할 수도 없는 노릇이니까요.

우리는 세상을 자신의 지식과 경험에 비춰 자신의 수준으로 판단하고 바라봅니다. 고인이 살다간 빈자리에 있는 특정 물건 몇 개를 보고 주관이나 감성에 치우쳐 잘못 판단하면 저는 한 사람의 인생 모두를 왜곡할 수 있습니다. 그러면 남길 것과 버릴 것이 바뀔 수도 있으니 정말 조심해야 합니다.

악기만 보고 작곡해 놓은 악보를 발견하지 못한다면 고인의 유작은 영영 사라지게 됩니다. 게다가 고인은 전혀 고독하지 않았는데 고독사로 단정지어 버리면 뜻하지 않게 그의 삶은 부정되고 그동안 고인이 쌓아놓은 이미지도 실추됩니다. 이것은 고인의 명예뿐만 아니라 남은 가족에게도 상처가 됩니다.

이런 마음을 가지고 사는 덕분인지 저는 다른 사람과의 관계에서도 늘 타인의 행동이나 생각을 있는 그대로 받아들이려고 노력합니다. 그리고 제가 말을 많이 하기보다는 많이 들으려고 합니다. 이 일이 제게 준 큰 가르침입니다.

비밀을 끝까지 지켜드립니다

유품을 정리하기 위해선 고인과 유족에 대해 사전조사를 해야 합니다. 저는 그분들을 처음 만나기 때문에 고인과 유족의 사정을 잘 모릅니다. 그러니 사전조사를 해야 유족이 직접 남길 것을 골라낼 수 있도록 도울 수 있습니다. 고인이 살아 있을 때 미리 이런 일을 예상하여 도와줄 사람을 정해두었다면 굳이 제가 필요 없겠지만, 이런 역할을 할 사람을 정해두는 경우가 없다 보니 부득이 제가 이 일을 담당하게 되었습니다.

그런데 실제 현장을 방문하면 유족들은 대부분 고인에 대한 정보를 정확히 말해주지 않습니다. 고인의 인적사항과 어디서 사망했는지, 장례식은 언제 치렀는지 정도에서 그칠 뿐 고인이 평소 어떤 생활을 하셨는지 물어보면 막연히 "생활을 잘하셨습니다"란 말만 되풀이하곤 합니다. 심지어 사망한 장소를 실제와 다르게 말하는 사람도 있습니다. 고인의 나이와 성명, 직업을 물으면 "다른 업체는 묻지 않는데 왜 쓸데없이 꼬치꼬치 캐묻느냐?"며 따지는 사람도 있을 정도입니다.

정리를 시작하기 전까지는 고인의 얼굴도 모르고 아는 정보도 없지만, 유품정리가 끝날 때쯤이면 고인의 신상과 성격, 취향, 가족이나 친구 관계까지 속속들이 알게 됩니다. 설령 유족이 전후 사정을 설명하지 않더라도 반나절만 지나면 이 가정의 특별한 사정을 대부분 알게 됩니다. 심지어 고인이 비밀로 간직하고 싶었던 사건이나 고민거리, 출생의 비밀이나 이혼 사유 등 남에게 잘 드러내지 않는 부분까지 말입니다. 때문에 고객이 동의를 한 경우에도 협약에 따라 비밀을 유지해야 하고, 업무에서 얻은 정보를 공개하지 않아야 합니다.

작업에 들어가기 전 가까운 이웃 주민들께 인사를 하며 양해를 구합니다. 협력업체가 짐을 반출할 때 불편을 끼칠 수 있어 협조도 구하고, 화분이나 장독, 자전거처럼 혹시 실외에 정리해야 할 것이 있는지 알아보기 위해서입니다. 아파트나 공동주택에서는 경비원과 환경미화원에게 음료수를 돌리기도 합니다. 가까운 슈퍼에서 종량제 마대와 봉투를 사서 준비하고, 점심 식사를 위해 현장과 가까운 식당에 미리 식사를 예약합니다. 이런 일련의 과정은 작업 시 필요한 주차나 동선 협조, 임시 배출 장소 확보가 목적이지만 한 바퀴 돌다 보면 고인에 대한 이야기와 이웃 주민들의 평판, 고인이 임종하시기 전의 평소 고민거리를 들을 수 있습니다. 일종의 탐문을 하는 과정입니다. 정리를 의뢰한 자녀들은 잘 모를 수 있지만, 의외로 주위 분들이 고인에 대해 많은 것을 알고 있는 경우가 흔합니다.

본격적으로 고인의 집으로 들어가면 달력에 가장 먼저 눈길이 갑니다. 달력 속 멈춰진 날짜를 보면 고인이 자신의 집에서 언제까지 생활했는지 알 수 있습니다. '아. 이분은 석 달 전까지 이 방에서 생활하셨구나!' '3년 넘게 집을 비웠는데 아무도 들어오지 않았군.'

고인이 애지중지 키우던 베란다의 화분은 죽은 사람과 함께 순장되어 말라 죽어 있습니다.

이번에는 안방으로 들어가 화장대 앞으로 다가갑니다. 거울 주변의 물건이나 액자를 보면 고인의 그리움을 읽을 수 있습니다. 대부분 자녀의 사진이 그 자리를 차지하지만, 고인이 만나고 싶고 그리워하는 사람의 사진도 있습니다. '아! 이 분은 돌아가신 어머니를 그리워하셨구나!' '쯧쯧… 아내가 먼저 돌아가셨구나! 얼마나 보고 싶으셨으면…' '멀리 떨어져 사는 자녀가 보고 싶었나 보네.'

이런 생각에 잠겨 고인의 심정을 생각하다 보면 잠시 내가 이곳에 일하러 왔다는 사실을 잊어버릴 때도 있습니다. 고요한 가운데 째깍거리는 벽시계 소리를 따라 시선을 천장에서 벽 쪽으로 돌려봅니다. 때로는 방 안에 아무것도 걸려 있지 않은 적막한 집도 있습니다. 하지만 사람들은 집 안 벽면에 무언가를 걸고 싶어 합니다. 가족 사진을 큰 액자에 넣어 걸어놓은 분도 있고, 여백이 많은 동양화가 걸려 있는 집도 있습니다. 한자로 된 서예 작품이나 자수를 놓은 액자 등 사람들은 저마다 다양한 방법으로 벽면을 채우고 있습니다.

방문 입구 벽에 박제된 바다거북을 걸어놓아 장수를 기원한 분도 있었습니다. 안타까운 사실은 고인이 사망할 당시 나이가, 장수했다고 말하기엔 좀 이른 70대 초반이라는 것입니다. 어쩌다 바다거북이 장수의 상징이 되었는지 모르지만, 장수를 상징한다는 바다거북의 박제를 보면서, 인간의 잘못된 속설로 장수하지 못하고 죽어 한 가정집 벽에 머물러야만 했던 바다거북의 영혼을 생각합니다. 하지만 저는 그 영혼을 달래며 폐기처리를 할 수밖에 없습니다.

'편자를 발견하면 행운이 온다If you find a horseshoe, you'll have a good luck!'라는 서양 속담이 있습니다. 편자는 동서양에 걸쳐 액운을 막고 복을 가져다주는 행운의 상징물로 여겨져 온 탓에 말편자를 아래(∩)로 걸면 액운을 내쫓고, 위(∪)로 걸면 복을 담는다고 알려져 있습니다. 이 때문인지 편자를 액자에 담아 걸어놓는 사람도 있었습니다. 말의 발굽이 갈라지는 것을 방지하기 위해 발바닥에 부착하는 편자가 어쩌다 행운의 상징이 되었는지, 맨 처음 그런 생각을 한 사람을 만날 수만 있다면 이유를 묻고 싶습니다.

자영업을 운영하는 사람 가운데에는 현관문 위에 북어를 실타래에 매달아 올려놓은 경우도 있습니다. 항상 눈을 뜨고 있는 물고기는 예부터 빛을 무서워하는 귀신을 쫓아내는 신성한 존재로 인식되었습니다. 또 눈을 감지 않기 때문에 귀중품을 잘 지킨다는 의미도 있다고 합니다. 어떤 이유로 북어가 이렇게 쓰이는지 모르지만, 일본에서는 한 번도 이런 경우를 본 적이 없으니 우리나라에만 있는 독특한 문화라고 생각됩니다. 유품을 정리하며 말라비틀어진 북어의 눈알이 온전히 있는지 확인하지는 않습니다. 다만 종량제봉투에 넣을지 음식물 쓰레기로 처리할지 매번 고민할 뿐입니다.

집 안 곳곳에 빨간색 부적을 붙여놓은 분도 있습니다. 부적의 모양도 천차만별입니다. 보통 부적은 붉은색에 은빛이 도는 광석인 경면주사鏡面朱砂를 기름에 개어 사용합니다. 경면주사는 '거울처럼 얼굴이 비친다'란 뜻으로, 귀신을 쫓거나 귀신을 마음대로 부릴 수 있는 신성한 물질로 알려져 있습니다. 고인은 액운을 물리쳐주리라 믿어 부적을 붙인 모양인데, 귀신이나 액운과 상관없이 벽에 붙어 있는 모든 것을 제거해야만 제 일은 끝이 납니다. 얼마 전까지 고인은 집 안에 부적을 붙이면 소원을 성취하거나 액운을 방지한다고 철썩같이 믿었을 테지요. 하지만 정작 제삿날에 자신이 부적 때문에 집에 못 들어올 수도 있으니, 저는 고인을 위해 서둘러 부적을 떼어냅니다. 특히 붉은색 경면주사는 수은 함량이 높아 혹시라도 체내에 들어가지 않도록 조심스럽게 다루어야 합니다.

유품을 정리할 때 종교용품은 처리하기 꽤 난감한 물건입니다. 사람들은 다양한 종교를 믿고 있습니다. 게다가 종교용품은 종류도 많고 모양과 크기도 다양해 처리하는 데 애를 먹습니다. 교회에 다니는 분은 벽에 십자가나 커다란 액자를 걸어놓고, 문갑에는 성경책과 임명장도 놓아둡니다. 성당에 다니는 분은 성모마리아 상과 묵주를, 절에 다니는 분은 벽에 부처님이나 한자로 '佛'이라고 쓴 액자를 걸어놓습니다. 달마대사나 반야심경 액자, 목탁이나 염주, 불상이나 탑 등을 집 안에 둔 분도 있습니다. 각 가정에서 사용한 이 신성한 물건들을 저는 어떻게 폐기해야 할지 매번 고민합니다. 부득이하게 폐기할 때도 죄를 짓는 마음이 듭니다.

흔한 일은 아니지만 일본처럼 작은 찬장 크기의 불단을 비치한 분도 있습니다. 이 불단은 크기나 가격이 다양합니다. 일본에는 집집마다 불단이 있어 값이 비싼 불단을 자녀에게 물려주기도 합니다. 하지만 최근에는 저출생으로 인해 아들이 없이 딸만 있는 집도 많아, 이 경우 불단으로 애를 먹는 사람들도 있다고 합니다. 시댁에서 물려받은 것이 있는데 친정집에서도 물려주면 하나는 없애야 하기 때문입니다. 오랜 시간 고인이 특별한 의미를 부여한 불단을 폐기물로 처리하기 어려운 점을 감안하여 일본의 유품정리업체는 합동공양으로 고인과 불단에 대한 제사를 지냅니다. 저도 합동공양을 고려해봤지만, 종교별로 배타성이 강해 여러 종교용품을 함께 두고 합동으로 제사를 지내는 건 엄두도 낼 수 없었습니다. 그저 각 교단에서 고인의 종교용품을 수거해주길 바랄 뿐입니다.

죽음의 온도 차이

요즘 사람들은 대부분 집이 아니라 병원이나 요양병원에서 임종을 맞습니다. 하지만 자신의 집에서 사망하는 경우도 많습니다. 평소 지병이 있는 사람은 병원을 다니며 자신의 건강을 늘 체크하지만, 의외로 건강하던 사람이 갑자기 사망하는 경우도 적지 않습니다.

만약 집에서 숨을 거둔 가족을 발견하면 어떻게 하시겠습니까? 가장 먼저 생각나는 것은 119 긴급전화입니다. 만약 창문이 깨져 있거나 옷장과 서랍이 마구 열려 있고, 신체에 외상이 있다면 범죄로 추정하여 112로 신고할 수 있습니다. 하지만 이상 징후가 없다면 119 구급대원이 출동하여 응급처치해주기를 기다려야 합니다. 119

구급대원은 심폐소생술을 해야 하는 심정지 직후인지 사후강직 혹은 시반이 있어 의학적으로 소생 불가능한 상태인지를 확인합니다. 이윽고 사망으로 판명하면 119 구급대원은 경찰에게 연결해주고 돌아가 버립니다.

이제는 경찰관이 올 때까지 현장을 그대로 보존해야 합니다. 경찰관과 함께 방문한 공의公醫는 육안으로 부검을 실시해 사체검안서를 작성합니다. 혹시 사인이 불명확한 경우 부검을 통해 사망 원인이나 동기를 확인하기도 하는데 이는 수사기관의 몫입니다. 경찰관은 현장 감식을 통해 자연사와 자살, 타살을 가려내고 혐의점이 있으면 돋보기로 지문을 채취해 수사에 들어갑니다. 이처럼 사망 사건은 꽤 복잡한 절차를 거칩니다. 의사는 의학적으로 사망 선고를 할 수 있지만, 사망 원인을 파악하는 것은 경찰관의 일입니다.

집 안에서 사망 사건이 발생하면 경찰관의 수사가 끝났는지 확인하고 난 뒤에야 비로소 제가 현장에 들어갈 수 있습니다. 자칫 의뢰한 사람의 말만 믿고 섣불리 정리했다간 증거인멸로 일이 복잡해질 수도 있습니다. 수사기관이 실체적 사망 원인을 규명하기 위해 시신을 부검한다면, 유품정리사는 고인의 물건을 보며 일종의 심리적 부검을 담당합니다.

경찰은 억울한 죽음을 용납하지 않는다고 합니다. 저 또한 산 사람들에 의해 한 사람의 인생이 왜곡되는 것을 방치할 수 없습니다. 왜냐하면 이는 고인의 명예와 직결되기도 하고, 고인으로 인해 남은 사람들이 죽을 때까지 가슴에 응어리를 안고 살아가는 일도 없어야 하기 때문입니다. 저는 이런 매우 불행한 일이 발생하지 않기를 바랄 뿐입니다.

다양한 현장 가운데 스스로 목숨을 끊은 자살 현장에 특별히 신경을 씁니다. 자살 현장을 방문할 때면 저는 유서나 사망 원인을 찾기 위해 신경을 곤두세웁니다. 거미의 더듬이 다리처럼 촉각을 담당할 촉지를 가슴에서 꺼내어 가동하기 시작합니다. 왜 이런 결과까지 발생했는지 고인의 생각이 변화된 포인트와 매개가 된 유품을 찾아내 유족의 마음을 풀어주는 것은 제가 하는 일 가운데 매우 중요한 일입니다.

남은 물건을 보며 고인이 왜 사망했는지 원인을 찾다 보면 슬픈 감정보다 아쉽다는 생각이 더 많이 듭니다. 지독한 외로움에 빠진 사람이나, 문턱 하나만 넘으면 간단히 해결될 일이라고 생각되는데 더 이상 문제를 해결할 수 없다고 생각해 스스로 목숨을 포기한 사람의 경우를 볼 때마다 '어휴! 살았을 때 만났더라면 좋았을 텐데…' 하며 안타까운 마음을 가지곤 합니다.

현재 처한 삶이 너무 힘들어 스스로 목숨을 끊은 경우 정말 아쉽습니다. 하지만 남의 시선 때문에 자살하는 경우도 있어 안타까움이 더 짙어집니다. 고인의 일기장이나 다이어리를 보다 보면 남을 의식하며 살아가는 사람이 의외로 많음을 알 수 있습니다. 특히 나이가 어릴수록 이런 경향이 강해 보입니다. 학창시절부터 경쟁사회에 내몰리다 보니 친구조차 비교의 대상이 되어버린 사람들은 자기도 모르게 자신의 삶을 타인과 비교하곤 합니다. '남에게 부끄럽다'라든지 '이 정도면 남보다 나아!'라고 늘 비교하며 살아가는 건 아닌지 모르겠습니다.

다양한 사망 원인처럼, 죽음에 관련된 일을 대하는 주변 사람들의 태도도 각양각색입니다. 도시의 원룸이나 오피스텔에는 젊은 사람들이 많이 거주하고 있습니다. 이런 곳에서 오는 의뢰는 대부분 실내에서 일어난 변사 사건입니다. 짐작하겠지만 자살 사건이 다수입니다. 집합주택인 원룸촌이나 오피스텔에서 임차인이 사망하면 흉흉한 소문이 번질 수 있습니다. 게다가 시신을 조금이라도 늦게 발견하면 자초지종을 설명할 시간도 없이 입주자들이 한꺼번에 빠져나갈 위험도 있습니다.

저는 사업 초창기에 '어떻게 할까? 유품처리'라는 문구를 새긴 회사 차를 몰고 다녔습니다. 그런데 현장에 나가면 이 차량을 대하는 사람들의 태도가 각각 달랐습니다. 원룸촌 현장에서는 우리가 차량을 건물과 가까운 곳에 주차하는 것을 용인하지 않았습니다. 작업을 위해 건물 앞에 차량을 주차하면 빨리 빼달라는 경비원의 성화에 시달려야 했습니다. 하는 수 없이 '유품처리'라는 문구를 가리고서 일을 할 수밖에 없었습니다.

원룸촌 사람들의 태도를 보면 죽음을 대하는 사람들의 부정적인 마음이 강하게 드러납니다. 매 현장마다 그랬던 것 같습니다. 그 사람들은 죽음 자체를 부정적으로 본 걸까요? 아니면 사망의 원인인 자살이 문제였던 걸까요?

그런데 원룸촌과 달리 아파트에서는 귀한 대접을 받았습니다. 아파트 현장은 집주인이 사망한 경우가 많아 경비원과 이웃의 협조를 받기 쉬웠습니다. 심지어 사망 원인이 단지 내에서 일어난 자살 사건이라면 작업을 하는 저희에게 주민들이 일부러 찾아와 인사를 할 정도입니다. 이웃에서 불미스런 일이 발생하면 흉흉한 소문이 돌 수 있기 때문에 '유품처리'라고 쓰여 있는 차량이 들어오면 마치 퇴마사가 찾아왔다고 안도감을 느끼는 듯했습니다. 죽음의 현장을 말끔히 치우지 않으면 자신들이 사는 아파트 시세에 영향을 줄 수도 있다고 보는 듯했습니다.

그런데 이런 고마움에 대한 표시와는 별개로 현장에 불쑥불쑥 들어오는 이웃이 있습니다. 그동안 고인과 나눈 친분을 과시하며 괜한 참견으로 집 안을 둘러보고는 고인의 집 안에 있는 물건이 자기 것이라고 주장하기도 합니다. 죽은 사람은 말이 없는 법. 어디에 물어 확인할 수도 없고, 막무가내로 떼를 쓰는 사람 앞에 쩔쩔매는 유족을 대신해 한바탕 실랑이를 벌이면 진이 빠질 때도 있습니다. 하는 수 없이 고인의 집으로 들어가기 전 현관에 '관계자 외 출입금지' 푯말을 세우고 작업에 임해야 합니다.

유품정리가 시작되면 분류작업과 포장작업이 끝난 뒤에야 협력업체도 고인의 집에 들어올 수 있습니다. 고인의 공간이 초대되지 않은 사람에 의해 아무렇게나 공개되어 난장판이 되는 것을 고인도 원하지 않을 겁니다. 하물며 고인의 물건이 산 사람들에 의해 어질러진 채 사진 찍혀 인터넷에 떠돈다면 하늘로 가던 고인이 다시 돌아와 화를 낼 일입니다. 미리 통보한 경우가 아니라면 고인의 생활공간을 아무에게나 공개하지 않는 것도 고인의 명예를 지켜드리는 일입니다.

물건을 내릴 때 이런 소란을 다시 치러야 합니다. 아파트 단지는 사다리차를 이용해 물건을 내립니다. 이삿짐처럼 한꺼번에 어디론가 물건을 싣고 가는 것이라면 차량을 사다리차 옆으로 바짝 가까이 대고 곧바로 물건을 실어 나르면 되지만, 우리가 하는 작업은 보관할 물건과 판매할 물건, 배송할 물건, 폐기해야 할 물건을 나누어야 하는 일이라 물건을 임시로 적재할 공간이 필요합니다.

아무리 포장을 잘하더라도 한꺼번에 많은 물건을 내리는 탓에 그대로 내려지는 물건이 있는데, 이 경우 정글의 하이에나가 달려드는 것처럼 물건에 달려드는 사람들이 있습니다. 그냥 지나가도 될 텐데 내려지는 물건 옆에 서서 이 물건을 가져가도 되는지 물어보는 사람들과 커다란 마대자루를 들고 나타나 고물로 팔 수 있는 운동기구와 스테인리스 주방용품을 챙기는 경비원까지 늘 옥신각신 실랑이로 소동이 벌어집니다. 그런데 여기서도 사람들이 관심을 보이는 물건이 각각 다릅니다. 박스를 줍는 사람들은 박스만 가지려고 하고, 스테인리스나 알루미늄만 가지고 가려는 사람도 있습니다. 단지와 소품처럼 오래된 물건을 수집하는 사람들도 나타납니다. 사람들은 저마다 자신의 요구에 맞게 관심 있는 물건을 가져가려고 합니다. 별 수 없이 저는 이들을 막으려고 노란색 접근 금지 테이프로 울타리를 쳐야 합니다. 한바탕 소동이 끝

나고 나면 고인의 물건들은 어디론가 사라지고, 물건이
사라진 빈 공간에는 언제 그랬냐는 듯 아무렇지도 않게
일상이 채워집니다.

어머니는 알고 계십니까?

자신이 무심코 한 행동으로 인해 다른 사람이 큰 고통을 받았다면 '내가 왜 그랬을까?' 하는 자책감으로 쥐구멍에라도 들어가고 싶어집니다. 한동안 잊고 지내다가도 비슷한 상황을 마주하면 다시 그 사건이 떠오르고 기억을 없애고 싶을 정도로 트라우마에 시달리기도 합니다. 특히 업무상 일어난 사건은 외상 후 트라우마가 심해 다시는 그 일을 할 수 없는 지경에 이를 수도 있습니다. 제게도 유품정리 서비스를 막 시작하던 무렵 겪은 일 가운데 몹시 후회되는 사건이 하나 있습니다. 굳이 변명을 하자면 정말이지 생각하지도 못한 일이라 지금도 얼굴이 화끈거립니다. 그리고 할머니께 용서를 구하고 싶습니다.

서울 외곽 동네에 사는 50대 후반의 남성에게서 정리 의뢰가 왔습니다. 남성은 전화를 걸어와 자신의 어머니 집을 정리해달라고 했습니다. 그는 요양병원에 계시는 어머니의 건강상태가 좋지 않아 아마도 다시 집에 돌아오실 수 없을 것 같으니 정리하고 싶다고 했습니다. 그러면서 요양병원 비용과 아파트 관리비를 양쪽 다 지불하기 버겁다는 말도 했습니다.

유품정리 일을 하다 보면 간혹 아직 물건의 소유자가 사망하지 않았는데 미리 소유물을 정리해달라는 의뢰를 받을 때가 있습니다. 저희는 아무 의심 없이 아들인 의뢰인의 말만 믿고 현장정리를 진행했습니다. 그런데 집을 정리하다 보니 뭔가 석연찮은 느낌을 지울 수가 없었습니다. 가만히 생각해보니 견적을 낼 때부터 남자는 뭔가에 쫓기고 있는 듯했고, 병원에 계신 할머니의 집이라고 하기에는 살림이 매우 깔끔하게 정리되어 있었습니다. 빨랫감 하나 없는 세탁실, 냉장고 안의 음식은 당장 내놔도 밥상이 차려질 정도였습니다. 두부의 유통기한도 아직 남아 있고 포장을 뜯지 않은 계란도 있어 집주인이 잠시 여행을 간 것처럼 보였습니다. 뭔가 수상쩍은 마음에 의뢰인에게 물었더니, 그는 어머니가 치매로 인해 혼자 생활할 수 없어 정기적으로 집에 가사도우미가 다녀갔다고 말했습니다.

그런데 사건은 잠시 뒤 벌어졌습니다. 우리가 분류와 정리를 끝내고 한참 반출작업을 시작할 무렵 의뢰인의 동생이 들이닥쳤습니다. 그는 다짜고짜 의뢰인에게 "지금 뭐하는 짓이야! 형은 왜 이렇게 막무가내로 살아? 너 그러다 죄받는다!"라고 고함을 질렀습니다. 아침 일찍부터 현장이 시작된 터라 피곤함이 몰려올 시간이었지만 형제가 주고받는 고성에 깜짝 놀라 하던 일을 멈추고 싸움을 지켜봐야만 했습니다.

동생 말에 따르면, 큰아들인 의뢰인은 젊은 시절부터 부모에게 손을 벌려 돈을 받아갔다고 합니다. 그렇게 돈을 가지고 가면 한동안 연락이 없다가 잊을 만하면 찾아와 어머니 쌈짓돈을 받아가서는 사업자금으로 모두 탕진했다고 합니다. 최근 의뢰인은 사업이 어려워지자 다시 어머니를 찾아왔고, 마침 어머니가 앓고 있는 초기치매 증상을 핑계로 어머니를 요양병원에 입원시켰습니다. 게다가 그는 어머니를 꾀어 집까지 팔았다고 합니다. 집주인인 의뢰인의 어머니는 아직 이런 사실을 모를 뿐 아니라, 의뢰인의 동생에게 병원에 있기 싫으시다고 집에 가자고 조른다고 했습니다.

동생은 형에게 화를 냈지만, 의뢰인의 곁에서 그 소리

를 들고 서 있자니 마치 제게 욕을 하는 것 같았습니다. 사실 정말이지 당시 저는 의뢰인의 말만 믿고 한 작업이었지, 수익을 생각하고 한 행동이 아니었습니다. 현장을 정리하다 말고 어느 순간 저는 두 형제의 싸움에 휘말려 사건 당사자가 되어 있었습니다. '고래 싸움에 새우등 터진다'는 말이 이런 경우겠지요. 더는 현장 작업을 진행할 수 없어 밖으로 나와, 순서대로 도착한 협력업체에 양해를 구하고 작업을 멈출 수밖에 없었습니다. 그러곤 조심스레 정리를 의뢰한 남성에게 물었습니다.

"어머니는 이 사실을 알고 계십니까?"

그러자 의뢰인은 "아니요. 어머니께 말하지 않았습니다! 어머니가 치매라서 괜찮아요." 하였습니다. 그제야 저는 '아차! 내가 실수했구나! 이 사람 말만 믿고 이 가족을 도와주려 한 일인데, 오히려 내 작업으로 할머니의 소중한 보금자리가 송두리째 없어졌구나…'란 생각이 들었습니다. 저는 충격에 빠졌고 죄책감이 밀려와 다리가 움직이지 않아 꼼짝할 수 없었습니다. 그대로 주저앉고 싶었습니다.

그날 하루가 어떻게 지나갔는지 모르겠습니다. 협력업체는 나머지 짐들을 모두 밖으로 반출하였고, 의뢰인은 부동산 중개인이 들어올 때까지 동생과 심한 말다툼을 계속한 것밖에 기억나지 않습니다.

그 일이 있고 얼마 뒤 집안의 어르신 한 분이 위독하다는 소식을 듣게 되어 요양병원으로 면회를 갔습니다. 어르신 댁 가족들은 모두 직장에 다니는 탓에 말년에 돌볼 사람이 없어 요양병원으로 모셔야 했습니다. 어르신이 계시던 병실에 올라갔지만, 병세가 악화되어 중환자실로 옮겨 면회가 허용되지 않았습니다. 하루 한 번밖에 없는 면회 시간이었지만 어르신께서 임종을 앞두고 계신 터라 저는 점심이 나올 때쯤 중환자실로 들어갈 수 있었습니다. 마치 군대 내무반처럼 정렬된 병상은 양쪽 벽면을 향하고 있었고, 병상 위의 노인들 사이로 마지막 사투를 벌이는 분들의 신음이 여기저기서 들렸습니다. 옆자리 사람이 임종을 맞는 상황 속에서도 점심을 잡수시는 노인들을 보며 생각했습니다. '이분들은 어떻게 여기에 오시게 된 걸까? 도시에서의 죽음이란 이런 모습일까?'

이윽고 친척 어르신의 병상으로 다가섰습니다. 어르신은 산소호흡기를 달고 거친 숨을 내쉬고 있었습니다. 작별을 위한 인사말을 전하려 어르신의 몸을 만지는데 하체는 이미 죽은 사람처럼 차가웠습니다. 영안실 시신에서 느껴지는 차가운 냉기가 손바닥을 타고 올라왔습니다. 이 상황 앞에서 저는 그때 그 할머니가 떠올랐고, 그곳에 더이상 머물 수가 없어 어르신께 서둘러 작별 인사를 하고 밖으로 나왔습니다. 제 실수로 한 할머니의 가정에 회복할 수 없는 상처를 준 것 같아 너무 후회스러웠습니다. 그래서 한동안 제 일이 두려웠고, 우울증을 겪으며 더는 이 일을 할 수 없을 것 같다고도 생각했습니다.

시간이 지나면서 곰곰이 생각해보니 원인은 모두 제게 있었습니다. 의뢰인이 일부러 제게 말하지 않은 탓도 있지만, 제가 일을 받기 전 좀 더 정확히 확인했어야 합니다. 이 사건 이후로 저는 살아 있는 분의 집을 정리하는 경우라면 집주인의 의사를 반드시 확인합니다. 벌써 10여 년이 지난 일이지만 그때 일만 생각하면 등골이 오싹해집니다.

최근에는 생전에 부모님 집을 정리해달라는 의뢰가 부쩍 늘었습니다. 큰 평수에서 작은 평수로 이사하는 사람도 있고, 떨어져 살던 자녀와 합가를 위해 집을 정리하는 사람도 있고, 요양원이나 요양병원 등 시설에 입소하는 사람도 있습니다. 사람마다 각자 사정이 있어 그 유형도 다양합니다. 어떤 경우는 고령인 부모가 집을 정리하지 못해 먼지가 쌓인 방을 정리해달라는 의뢰까지 있어 고령화사회에서 일손이 부족한 가족의 단면을 현장에서 직접 보는 듯합니다. 그런데 실제로 의뢰를 받아 보면 부모의 동의 없이 집을 정리하는 사람들이 의외로 많습니다. 그럴 때면 두말하지 않고 거절합니다.

다른 일과 달리 제가 하는 일은 가족 한 사람 한 사람의 입장에서 최적화된 해결방안을 찾아주는 일입니다. 그러하기에 돌아가신 이후의 유품정리나 사망 전 생전정리에 가족 중 단 한 사람이라도 동의하지 않는다면 당장 처리하지 말고 시간을 두고 충분히 해결한 후에 처리하라고 조언합니다. 심지어 가족이 해외에 머물러 국내로 올 수 없는 상황이더라도 요양원으로 가신 분의 위임장을 받거나 성년후견 인증을 요구하고 있습니다.

우리나라는 질병, 장애, 노령 등의 사유로 정신적인 제약을 가진 사람들이 존엄한 인격체로서 주체적으로 자신의 삶을 영위할 수 있도록 성년후견제도를 도입했습니다. 2013년 7월 1일부터 시행된 성년후견제도는 본인의 의사와 잔존능력의 존중을 기본이념으로 하여 후견 범위를 개별적으로 정할 수 있도록 하였고, 재산뿐만 아니라 치료, 요양 등에도 폭넓은 도움이 되고 있습니다. 또 현재 정신적인 제약이 없는 사람이라도 미래를 대비하여 임의후견인을 두어 성년후견제도를 이용할 수 있습니다. 법원은 우선 본인의 의사를 존중하되, 본인의 건강, 생활 관계, 재산 상황 등 여러 사정을 고려하여 적합한 자를 후견인으로 선임하는데, 가족, 친척, 친구 등은 물론 변호사, 법무사, 세무사, 사회복지사 등 전문가를 후견인으로 선임할 수 있고, 여러 명을 선임할 수도 있습니다.

예를 들어 자녀가 해외에 살거나 혹은 아버지가 고령으로 정신적 제약이 있어 자신의 재산관리 및 신상 문제를 제대로 해결하기 어렵다면, 자녀는 아버지를 위하여 법원에 성년후견 등 법정후견 개시 청구를 하여, 성년후견인 등이 아버지를 후견하도록 할 수 있습니다. 또 아버지 본인은 이러한 때에 대비하여 미리 신뢰할 만한 사람과 재산관리 및 신상보호에 관한 사무를 맡기는 내용의 계약을 공증증서로 체결하고 이를 등기함으로써, 정신적 제약이 발생한 때를 스스로 준비할 수 있는 임의후견인을 지정할 수 있습니다. 물론 이런 법적 제도도 중요하지만, 가족 간에 일어나는 일은 서로 건강할 때 상의해 모두가 후회 없는 선택을 하는 것이 제일 중요한 일입니다.

성년후견제도

성년후견제도란?

질병·장애·노령 등의 사유로 정신적 제약을 가진 사람들이 존엄한 인격체로서 주체적으로 후견제도를 이용하고 자신의 삶을 영위해나갈 수 있도록 한다.

2013년 7월 1일부터 시행된 성년후견제도는 '본인의 의사와 잔존능력의 존중'을 기본이념으로 하여 후견 범위를 개별적으로 정할 수 있도록 하였고, 재산 관련 분야뿐만 아니라 치료, 요양 등 신상에 관한 분야에도 폭넓게 도움을 줄 수 있다. 또 현재 정신적인 제약이 없더라도 미래를 대비하여 임의후견인을 두어 성년후견제도를 이용할 수 있다.

성년후견제도의 종류

성년후견제도는 법정후견과 임의후견으로 나뉘며, 법정후견에는 성년후견, 한정후견, 특정후견이 있다.

내용	성년후견	한정후견
개시 사유	정신적인 제약으로 사무처리 능력의 지속적 결여	정신적인 제약으로 사무처리 능력 부족
후견개시 청구권자	본인, 배우자, 4촌 이내의 친족, 미성년후견인, 미성년후견감독인, 한정후견인, 한정후견감독인, 특정후견인, 특정후견감독인, 검사 또는 지방자치단체의 장	본인, 배우자, 4촌 이내의 친족, 미성년후견인, 미성년후견감독인, 성년후견인, 성년후견감독인, 특정후견인, 특정후견감독인, 검사 또는 지방자치단체의 장
본인의 행위능력	원칙적 행위능력 상실자	원칙적 행위능력자
후견인의 권한	원칙적으로 포괄적인 대리권, 취소권	법원이 정한 범위 내에서 대리권, 동의권, 취소권

청구 방법

• 관할법원

후견에 관한 사건은 피후견인(후견을 받는 사람) 주소지의 가정법원 및 가정법원 지원이 관할한다.

가정법원이 설치되지 않은 지역에서는 해당 지역의 지방법원 및 지방법원 지원이 관할한다.

• 비용

가사비송사건 청구를 위한 일반적인 비용(인지대, 송달료 등)과 감정비용 등이 소요된다. 법원은 절차에 드는 비용을 지불할 자금능력이 없거나 그 비용을 지불하면 생활에 현저한 지장이 있는 사람에 대해서 그 사람의 신청에 따라 또는 직권으로, 절차에 드는 비용 중 일부를 지원할 수 있다(절차구조, 가사소송법 제37조의2).

특정후견	임의후견
정신적인 제약으로 일시적인 후원 또는 특정사무 후원 필요	정신적인 제약으로 사무처리 능력 부족
본인, 배우자, 4촌 이내의 친족, 미성년후견인, 미성년후견감독인, 검사 또는 지방자치단체의 장	본인, 배우자, 4촌 이내의 친족, 임의후견인, 검사 또는 지방자치단체의 장 (※ 임의후견 개시 요건인 임의후견감독인 선임 청구권자)
행위능력자	행위능력자
법원이 정한 범위 내에서 대리권	각 계약에서 정한 바에 따름

재판 진행

• 성년후견, 한정후견의 개시 여부를 판단하기 위해서 법원은 본인의 정신상태에 관하여 의사의 감정을 받도록 하는 것을 원칙으로 한다.

특정후견, 임의후견의 경우에는 감정 대신 의사나 그밖에 전문지식이 있는 사람의 의견을 듣는 것을 원칙으로 한다.

• 또한 법원은 본인의 상태를 확인하고 의사를 존중하기 위하여 당사자 본인을 심문하여 그 진술을 듣는 것을 원칙으로 한다.

• 이와 같은 절차를 거쳐 법원은 본인이 잔존능력을 최대한 활용할 수 있도록 후견 개시, 후견인 선임, 법정대리권의 범위 결정 등의 심판을 하게 된다.

후견인

• 법원은 우선 본인의 의사를 존중하되, 본인의 건강, 생활관계, 재산 상황 등 여러 사정을 고려하여 적합한 자를 후견인으로 선임하는데, 가족·친척·친구 등은 물론 변호사·법무사·세무사·사회복지사 등의 전문가도 후견인으로 선임할 수 있고, 여러 명을 선임할 수도 있다.

• 후견인의 역할

후견인은 선량한 관리자로서 피후견인의 복리를 위해 후견사무를 처리하여야 하고, 피후견인의 의사를 존중하여야 한다.

재산관리: 후견인은 피후견인의 재산을 관리하고 법률행위의 대리권·동의권 등을 행사할 수 있는데, 이는 후견의 종류에 따라 법원의 심판에서 구체적으로 정해진다.

신상보호: 의료, 돌봄, 재활, 교육, 주거의 확보 등 신상에 관한 사항에 관해서 피후견인이 단독으로 결정하는 것이 원칙

이나, 피후견인이 스스로 결정하기 어려운 경우라면 후견인이 법원에서 권한을 부여받아 신상에 관한 결정을 할 수도 있다.

• 후견인의 보수

후견인에 대한 보수는 피후견인의 재산에서 지급하도록 규정되어 있다(민법 제955조). 다만, 친족후견인처럼 보수를 지급받을 의사가 없는 경우에는 보수 지급에 대한 부담이 없다.

• 후견인에 대한 감독

후견감독인이 선임된 경우, 후견감독인은 언제든지 후견인에게 그의 임무수행에 관한 보고와 재산목록의 제출을 요구할 수 있고, 피후견인의 재산상황을 조사할 수 있는데, 후견인의 임무수행에 문제가 있다고 판단하면, 법원에 후견인 변경을 청구할 수 있다.

법원은 직권으로 또는 청구권자의 청구에 의하여 피후견인의 재산상황을 조사하고, 후견인에게 재산관리 등 후견임무 수행에 관하여 필요한 처분을 명할 수 있다. 후견인은 법원의 후견사무 감독에 응하여야 하고, 이에 불응하거나 후견사무를 불성실하게 수행할 경우, 법원은 직권으로 후견인을 변경할 수도 있습니다.

(참조: 대한민국법원 홈페이지 https://www.scourt.go.kr/nm/min_3/min_3_12/index.html)

2

유품정리사의 일

귀신이 붙은 게 아닙니다

혹시 본인이 사망하고 나면 사용하던 물건이 어떻게 될지 생각해본 적이 있으신가요? 제 물건을 스스로 정리하고 싶지만, 제가 죽으면 불가능한 일입니다. 저는 가끔 이런 생각을 합니다. '내가 죽으면 내 유품을 누가 정리할까?'

돌아가신 분의 물건을 보통 '유품'이라고 하지만, 이 말은 포괄적이고 막연하기도 합니다. 어떤 사람은 죽은 사람이 남긴 모든 것을 유품이라고 하고, 어떤 사람은 특별한 의미가 담긴 물건만 유품이라고 합니다. 서로 같은 단어를 사용하지만, 그 의미는 다릅니다. 결국 어떤 것을 유품으로 생각하는지는 각자의 몫입니다. 눈에 보이는 유품도 각자 생각이 다른데, 눈에 보이지 않는 '정리'는 의미가 더욱 다르게 느껴집니다.

생각이 달라 세상을 대하는 방식이 다른 것처럼, 유품을 대하는 태도와 생각도 모두 다릅니다. 가족의 유품을 정성을 다해 다루는 사람이 있는 반면, 죽은 사람의 물건이라며 함부로 다루는 사람도 있습니다. 자기 것이 아니라서 그냥 모조리 없애는 사람이 있는 건 어쩌면 당연한 일일지도 모릅니다.

어쨌든 물리적인 부분만 생각한다면 죽은 사람의 물건을 다루는 일은 모두 '유품정리'라고 할 수 있습니다. 하지만 저는 이 표현에 조금 다른 의미가 있다고 생각하여 제 나름의 가치를 부여하고 싶습니다.

유품은 한 사람이 사망하며 남긴 것입니다. 얼마 전까지만 해도 따뜻한 체온을 가졌던 한 사람이 아끼고 소중히 여기던 소장품입니다. 다만 소장자가 사망해 이름이 유품으로 바뀐 것뿐입니다. 그런데 남은 사람들은 이름뿐만 아니라 물건을 대하는 태도도 바꾸어버립니다. 따지고 보면 물건은 그대로입니다. 사람들의 마음이 바뀌었을 뿐입니다. 주인이 없다고 함부로 이름을 바꾸더니 소홀히 대하는 사람도 있고, 찜찜하다며 태워버리는 사람도 있습니다.

사람들 마음속에 있는 불안과 두려움을 왜 물건에 투영해 화풀이를 할까요? 부잣집 막내아들처럼 귀한 대접을 받던 물건이 유품이 되자 천덕꾸러기 신세가 되기도 합니다. 사람들은 생각보다 편견과 선입견이 심해 이유도 모른 채 남들이 하는 대로 따라 하는 경향이 있습니다. 물건은 물건일 뿐입니다. 사용하던 사람이 죽었는지 중요하지 않습니다. 그저 물건은 자신의 사용법대로 기능을 다하면 그만입니다.

아직 멀쩡히 쓸 수 있는 물건인데 편견 때문에 방치되거나 쓰레기가 된다면 살아 있을 때 아껴 쓰던 고인에게도 속상한 일입니다. 사람들에게 외면받은 유품을 볼 때마다 저는 유품이 잘 쓰일 수 있는 곳으로 데려가고 싶습니다. 이런 물건들이 새 주인을 만나 다시 소중하게 쓰인다면 기쁠 것 같습니다.

박물관에 있는 유품은 귀한 대접을 받습니다. 유물로 인정받아 보물로 지정되기도 하고, 역사적인 인물이 사망한 뒤 남은 유품은 웃돈을 얹어서라도 수집하려는 사람들이 있습니다. 서로 소장하려 해 경쟁도 치열합니다. 전사자의 유품은 유해 발굴 시 신원확인을 할 수 있는 중요한 단서가 되고, 전시관에 전시하면 사람들에게 전쟁의 기록물로 교훈을 줍니다. 문화재급은 아니더라도 유품 가운데 골동품은 텔레비전에 출연하기도 하고요.

최근 미디어에서 유품정리를 많이 소개해서인지 사람들의 관심이 많아져 문의 전화가 꽤 옵니다. 장례를 치를 때 실신할 정도로 슬퍼한 탓에 부모님 집에 남아 있는 물건을 보면 고인이 생각나 어떻게 정리해야 할지 머리가 하얗다고 말하는 사람, 1년 전 아내가 사망한 뒤 아내 물건에 손을 못 대고 있었는데 이제는 정리해야 할 것 같다며 전화한 사람, 혼자 살던 오빠가 사망해 무서워 집에 들어갈 수 없다는 사람 등 사연도 제각각입니다.

저마다 사정이 다른 탓일까요? 전화로 문의하는 사람들의 생각이나 요청사항도 다양합니다. 각기 다른 사연을 전화로 꼬치꼬치 물어볼 수도 없어 우선 의뢰인을 만나기 위해 방문을 합니다. 죽음으로 인한 이별의 아픔을 겪고 있는 사람들에게 가족 간의 갈등이나 출생의 비밀 같은 과거를 들춰내는 질문이 쓰라린 상처를 건드리는 것만 같아 사전 조사 시 의뢰인 쪽에서 자연스레 먼저 이야기를 꺼낼 수 있도록 이야기를 풀어가야 합니다.

저에게는 또 다른 애로도 있습니다. 폐기물 처리업체와의 경쟁입니다. 유족을 방문하면 이렇게 말합니다.

"저희가 중요한 건 다 골라냈으니 그냥 폐기 처리해주시면 됩니다."

이런 말을 들으며 저는 마음속으로 이렇게 말합니다. '이럴 거면 폐기물 수거업체를 부르면 될 텐데…' 요사이 폐기물 처리를 전문으로 하는 사람들이 유품정리 일에 열을 올리다 보니 저는 종종 헛걸음을 하곤 합니다. 게다가 저희는 폐기물을 전문으로 수거하는 업체에 가격 경쟁에서 밀려 제대로 상담도 못 하고 돌아와야 합니다. 우리나라 서비스업은 견적을 무료로 보는 것이 일반적이어서 출장비를 청구할 수도 없는 노릇입니다.

폐기 처분을 넘어 죽은 사람이 남기고 간 물건을 불길하다며 모두 태워달라고 요청하는 사람도 있습니다. 협력업체 가운데에는 일하러 왔다가 죽은 사람 물건이라고 하자 찜찜하다며 그냥 가버린 곳도 있었습니다. 심지어 유품에 귀신이 붙어 있어 산 사람이 지니고 있으면 안 된다고 말하는 사람도 있습니다. 그 말의 출처가 어디인지 관련 문헌을 아무리 뒤져도 찾지 못했습니다.

이런 수요를 겨냥한 탓인지 유품을 전문적으로 소각하는 업체까지 생겼습니다. 생각이나 행동은 온전히 자신의 것이라서 법에 저촉만 안 된다면 뭐라고 할 수 없습니다. 각자의 방식대로 살면 됩니다. 모두 똑같이 살 필요는 없지요. 하지만 직업으로 유품을 다루는 저에게 유품은 오래된 친구처럼 소중한 파트너입니다. 파트너로서 말

못 하는 유품을 대신해 저라도 항변하고 싶습니다.

"물건이 무슨 죄를 지었다고 이렇게 대하십니까? 물건이 죽은 게 아니잖아요? 유품은 찜찜한 것이 아닙니다."

사람들은 순간순간 자신이 사는 방식이 옳다고 생각하며 살아갑니다. 때로는 실수도 하고 자신의 삶을 후회하기도 합니다. 처음 사는 인생이라 서툴기 때문에 당연하다고 생각합니다. 세상을 살면서 외부의 영향도 많이 받습니다. 가정이나 학교 그리고 사회에서 다른 사람이 살아가는 방식을 보고 배우며 기준을 만들어 가치관을 형성합니다. 여기에 자신이 직접 겪은 경험과 다른 사람의 지식과 경험을 간접으로 습득해 자기만의 지식을 만듭니다. 어떻게 살아야 하는지 정답은 없습니다. 게다가 '이렇게 살아야 한다'라고 정확히 가르쳐주는 사람도 없습니다. 그런데 간혹 사람들 가운데에는 '유품을 태워라' '죽은 사람의 물건을 지니고 있지 마라' 등 다른 사람에게 행동을 강요하는 사람이 있습니다. 자신이 누구보다 행복하게 살고 있어 다른 사람에게 권유하는 것이라면 뭐라 할 말이 없지만, 만약 자신이 다른 사람들에게 말한 것처럼 살고 싶지만 잘 되지 않는데도 강요하는 것이라면 자신이 먼저 다른 사람에게 말한 대로 행동하길 권해드립니다.

주제넘게 제가 오지랖을 부렸습니다. 저는 그저 죽음을 둘러싸고 '찜찜하다'라는 이미지를 만들어내는 사람들에게 자신의 등 뒤에 있는 물건도 언젠가 자신이 죽은 뒤 누군가 치워야 한다고 말해주고 싶었을 뿐입니다. 어쨌든 본인이 죽은 뒤 본인의 물건이 찜찜한 물건 취급을 받는 게 싫은 사람은 애지중지 보관해온 것들을 죽기 전에 누구에게 줄지 미리 정하시길 권해드립니다.

유품정리의 이유

유품을 정리하다 집 한 채 분량인 어마어마하게 많은 물건이 버려지는 것을 볼 때가 있습니다. 저 역시 쓰지 않는 물건인데도 당장 없애지 않고 처박아 놓기도 합니다. 물건 위에 다른 물건을 겹겹이 쌓아 올려 사용할 수 없어 방치한 것도 있고, 디지털카메라나 시티폰처럼 살 때는 비싸게 샀지만 기술이 발전하여 지금은 쓸모없어진 물건도 있습니다. 모두 당장 사용하지 않는 물건이지만 버리기가 아까워 그대로 둔 것들입니다.

미니멀 라이프를 지향하는 사람들은 나무랄지 모르지만, 저는 물건을 버리지 않고 모아두는 습관이 그리 나쁘다고 생각하지 않습니다. 누군가 남긴 덕분에 세월이 흐른 뒤 사람들이 추억을 되돌릴 수 있으니 그것만으로도 그 물건이 사람들에게 큰 도움을 주었다고 생각합니다.

이런 생각을 해서일까요? 저는 고인의 유품을 정리할 때 저 나름대로 원칙을 지키려 합니다. 고인이 살아 계실 때 물건 하나하나 사랑을 담았을 텐데, 사소한 물건이라도 주인 잃은 물건이 다시 사랑받을 수 있는 곳으로 보내자는 원칙입니다. 저에게 '천국으로 이사'는 이런 의미를 담고 있습니다. 한 사람의 인생과 함께해온 물건을 천국으로 이사 보내다 보면, 무엇을 남겨야 할지 또 무엇을 소중히 지켜야 할지 아련하게 보입니다. 이런 과정 속에서 저를 반성하기도 하고, 극히 개인적인 것부터 가족애와 지역, 단체 그리고 인간의 존엄과 환경처럼 인류가 공통으로 보존해야 할 가치도 생각하곤 합니다.

저는 고인이 떠난 빈자리를 남은 사람들이 어떻게 채우고, 가족애를 어떻게 유지할지도 생각해봅니다. 고인이 떠난 뒤에야 비로소 그가 가족에게 어떤 의미였는지 알곤 합니다. 그 의미를 고인이 살아 계실 때 알았더라면 좋았을 텐데… 사라진 뒤에야 남은 사람들은 비로소 알게 됩니다. 때문에 저는 유품을 정리하며 유족과 많은 대화를 나눕니다.

당장 버려야 할 것이라도 버리기 전에 몇 번씩 확인하

는 것도 제 역할입니다. 무심코 버릴 수 있는 것도 사연이 있거나 추억이 담긴 것이라면 무조건 없애는 것보다 보관 쪽으로 유도해 추억을 보존합니다. 없애려면 언제든지 버릴 수 있기에 마음이 바뀔 때까지 지니고 있는 편이 좋습니다. 분류를 거치고 다시 재분류를 거치는 더딘 작업이지만, 이런 과정을 통해 한 사람의 삶이 정리되면 고인이 남은 사람들에게 남기고자 했던 유지를 찾아 전달할 수 있습니다.

　유족들은 유품을 분류하는 과정에서 미처 자신이 기억하지 못한 추억을 소환합니다. 사진을 분류하고 사진 속의 인물을 떠올리며 그때를 회상하고 추억에 잠깁니다. 아침에 두 눈이 벌겋게 달아올라 당장 눈물을 쏟아낼 것 같던 유족이 오후에는 깔깔거리며 웃기도 합니다. 유족들은 이런 과정을 통해 슬픔을 잊고 안정을 찾아갑니다. 타인의 삶의 방식을 보면서 자신의 삶의 방식을 돌아보기도 하고 자신을 끊임없이 되돌아봅니다. 이런 과정을 거친 사람과 이런 과정을 거치지 않은 사람은 남은 삶을 살아가는 자세가 완전히 다릅니다. 타인의 죽음을 통해 자신의 죽음을 생각하고, 인간의 유한한 시간을 인식하는 것 그리고 그 시간 속에서 어떤 생각과 방식으로 삶을 살아갈지 고민해보는 것이 유품을 정리하는 이유입니다.

저 역시 오랜 시간 이런 과정을 통해 많은 것을 배웠습니다. 이 때문에 제가 알게 된 것들을 유족에게 알려드리고자 애씁니다. 유품을 정리하다 보면 무조건 좋고 무조건 나쁘다는 이분법적인 생각에서 벗어날 수 있습니다. 세상에는 좋은 것도 있고, 나쁜 것도 있으니까요. 약도 많이 먹으면 독이 될 수 있고, 독도 적절하게 쓰면 약이 될 수 있는 것처럼 적당한 경계선에서 무게중심 찾기가 인생의 숙제라고 생각하게 되었습니다. 오랜 시간 이 일을 하면서 어떻게 하면 '남길 것만 남기고 버릴 것을 버릴 수 있을까?' 그리고 '어떤 것을 지우고, 어떤 것을 기록해야 할까?'를 늘 생각합니다. 한꺼번에 쏟아지는 살림살이를 모두 땅에 묻거나 소각할지라도 꼭 필요한 것은 남겨야 합니다. 이런 판단의 균형이 무너지지 않으려면 늘 경계에 서서 무게중심을 잃지 않으려 고민해야 합니다.

유품정리가 돈이 된다고 생각한 탓일까요? 최근 많은 업체가 이 일에 뛰어들었습니다. 이사, 실내 인테리어, 철거, 폐기물 처리, 특수청소 등 다양한 업종의 사람들이 유품정리 일을 하고 있습니다. 여기에 골동품이나 중고물품, 헌책과 헌옷 취급점, 재활용과 고물상까지 뛰어들어 다양한 방법으로 한 사람의 살림살이를 정리하고 있습니다. 그런데 같은 물건이라도 각자 자신이 하는 일에 따라 물건을 바라보는 시각이 다르다는 느낌을 받습니다. 유품을 정리하는 방식에도 업체마다 많은 차이가 있습니다. 철거나 폐기물 처리 관련 업종 사람들은 모든 것을 지우고 없애는 데 초점을 맞추고, 중고 취급점이나 고물상은 물건을 판매하는 사람들이라서 그런지 모두 버리지 않고 팔 수 있는 물건은 남기려고 합니다.

물건을 바라보는 관점에 따라 그것을 취급하는 방법이 달라지지만, 그럼에도 한 사람의 인생을 정리하는 시간만큼은 고인의 마음을 있는 그대로 이해하고 그 순간의 심정과 결정, 그때의 선택을 존중해주는 것이 유품을 정리하는 일을 할 때 가져야 할 기본 예의라고 하겠습니다.

유품정리는 그 사람만의 특별한 상황을 분석해 각자가 가진 이야기를 이끌어내어, 죽음으로 더 이상 만날 수 없는 상실감을 유족들이 스스로 치유하고 위로받을 수 있도록 도와주는 의미도 있습니다. 한 사람이 전 생애에 걸쳐 남겨놓은 물건이 매개가 되어 남은 사람들이 솔직하게 자신의 감정을 이야기 나누며 다시 일상으로 회복하는 것을 돕는 일이기도 하지요. 더 나아가 이런 연습을 통해 주변 사람들을 같은 마음으로 이해하고 존중한다면, 나도 똑같이 이해와 존중을 받을 수 있을 것입니다. 이런 의미는 유품정리가 제게 준 교훈입니다.

장례, 누군가 제대로 해야 할 일

유품정리는 한 사람이 사망해야 일이 시작되는 장례 서비스입니다. 저는 이 일을 하면서 장례업 전반에 관심을 가지게 되었습니다. 이 일을 하기 전에는 무역과 유통 업종의 일을 하였기에 상품의 가격에 민감한 편이었습니다. 그런데 이 일을 시작하면서 어떤 일의 가격보다 가치에 대해 먼저 생각하게 되었습니다. 가격과 가치의 차이는 서비스업뿐만 아니라 모든 업종에서 일의 기준을 정하는 데 매우 중요합니다. 특히 장례 분야는 상업 서비스이지만 가치를 우선으로 두어야 하는 일이니 만큼 유품정리를 할 때도 이 일의 가치에 초점을 두고 있습니다.

저는 이 사업을 시작하며 일본 회사의 대표를 우리나

라에 초청해 대학 장례학과와 대학원의 특강을 주선했고, 상조회사, 화장장, 장례식장, 국립현충원, 납골당, 장례용품업체 등 장례 관련 업체를 다니며 시설이나 프로세스를 참관할 수 있는 기회를 가지기도 했습니다. 일본에 있을 때는 일을 배우며 장례와 관련한 여러 사업체 대표들과 만나기도 했고요. 자연스레 저는 한국과 일본의 장례를 비교하는 눈을 가지게 되었고, 감사하게도 양국의 장례 문화와 산업의 변화를 지켜볼 수 있었습니다. 오랜 세월 한 분야에서 일한 덕분일까요? 몇 년 전부터는 한 대학의 장례학과에서 학생들을 가르치고 있습니다.

장례학과에 다니는 학생들은 두 부류입니다. 주간반은 젊은 학생들이고 야간반은 대부분 늦깎이 대학생들입니다. 같은 공간에서 시간을 달리해 다양한 연령대의 사람들이 공부하고 있습니다. 주간과 야간 수업을 같은 내용으로 진행하지만, 나이와 상관없이 모두 죽음이라는 주제를 진지하게 고민합니다. 시간과 공간 그리고 인간. 이 단어들에는 모두 '사이'라는 뜻인 '간間'이라는 글자가 들어 있지만, 강의 시간만큼은 시공을 떠나 모든 사람에게 공평하게 다가오는 죽음을 주제로 완전한 소통을 하고자 노력합니다.

장례학과를 졸업하면 학생들에게 장례지도사 국가자

격증이 주어집니다. 학생을 가르치는 사람으로서 장례지도사 업무에 대한 공부가 필요하다고 판단해 저도 장례지도사 자격증을 취득했습니다. 장례지도사 자격증을 취득하는 방법은 두 가지입니다. 대학에 들어가 전공으로 선택하는 방법과 민간학원에 출석해 일정 시간 교육을 이수해 따는 방법입니다. 저는 현실적인 어려움으로 장례지도사 교육원에서 자격증을 취득했습니다. 이 자격증은 장례식장의 영안실에서 시신을 염습하는 실습을 포함해 총 3백 시간의 수업을 이수해야만 취득할 수 있으니 결코 쉽게 딸 수 있는 자격증은 아닙니다.

'시체 닦는 일은 장의사에서 일하면 아무나 할 수 있는 일 아닌가?'라고 생각하는 분도 있습니다. 실제 지인들 가운데에는 '시체 닦는 알바를 하려고 무슨 자격증까지 따느냐?'며 비아냥거리는 사람도 있습니다. 사람이 하는 일이니 물론 누구나 할 수 있는 일입니다. 하지만 결코 아무나 할 수 있는 일은 아닙니다.

꺼려지긴 하지만, 사랑하는 가족이 사망했다고 한번 가정해보겠습니다. 가장 고통스럽고 슬픈 순간, 누군가 시신을 아무렇게나 다룬다면 마음이 어떠실까요? 장례지도사 교육과정에서는 유족의 심리상태를 이해하고 어떤 마음으로 시신을 장사지내야 하는지에 대한 태도와

절차를 배웁니다. 이제는 영원히 이별해야 하는 가족의 마지막을 가장 아름다운 모습으로 기억하게 만들어주는 인문학적 영역이 바로 '장례'입니다. 그래서 이 일은 누구나 할 수 있는 일이 아니라 반드시 누군가 제대로 해야 하는 일입니다. 고인의 시신을 다루는 문제는 그렇게 쉽고 간단한 문제가 아닙니다. 이전처럼 집에서 장례를 치르지 않으니, 병원 장례식장에서 위생과 감염 예방 등을 조심하며 철저히 진행하고 있습니다.

'아무리 그래도 그렇지 시체 닦는 데 무슨 자격증까지 필요하냐'고 계속 말할 사람도 있겠지만, 지금은 엄연히 국가자격증을 따야만 시체라도 닦을 수 있는 시대가 되었습니다. 그도 그럴 것이 장례식을 상조회사가 담당한 지 이미 30년이 넘었고, 이들 회사는 거대한 자본력을 바탕으로 현대화된 시설과 서비스로 치열한 경쟁을 하고 있어 그동안 국내 상조 서비스가 많이 발전하였습니다. 상조 산업의 발전 덕분에 매장埋葬이 일반적이던 우리나라에 화장률이 90퍼센트에 육박할 정도로 변화가 있기도 하였습니다.

장례식장이 병원과 근접한 시설이다 보니 감염 예방과 위생관리, 장례절차와 장사시설 등 배워야 할 과목만 여덟 가지에 달합니다. 여기에 이론 교육뿐만 아니라 실제 영안실에서 시신을 염습하는 실습을 해야만 제대로 된 자격을 얻을 수 있습니다.

학교와 달리 교육원에서는 이 교육과정을 3백 시간 이수해야 하기 때문에 분기에 한 차례 정도 수업 과정이 개설됩니다. 젊은 학생부터 상조회사, 납골당, 공원묘지, 장례식장 등 다양한 업종에서 근무하는 현직 장례업 종사자들도 자격증을 취득하기 위해 교육을 받고 있습니다. 저는 장례지도사 자격증을 취득하러 갔다가 지금은 장례지도사 교육원에서 매 기수마다 한두 차례씩 장례의 새로운 변화와 유품정리의 필요성에 대해 특강을 담당하고 있습니다. 수업을 신청하는 학생들이 점점 젊어지고 있어서 기수가 거듭되며 장례업계에 젊은 사람들이 몰리고 있음을 실감합니다.

죽음을 다루는 일을 하겠다고 마음을 먹은 때문인지 학교나 교육원에서 교육을 받는 학생들은 죽음을 담담하게 받아들이는 인상을 줍니다. 타인의 죽음을 통해 자신의 죽음과 인생을 돌아보기 때문인 듯합니다. 시험도 없고 일정 시간을 이수하면 취득할 수 있는 자격증이지만, 저는 제가 취득한 이 자격증에 자부심을 가지고 있습니다. 그런데 이런 자부심에도 불구하고 아직 장례와 관련한 직업에 대한 시선은 부정적입니다. 사회적 시선은 여전히 장례를 하찮거나 꺼리는 일로 취급하고 있습니다.

게다가 상조 산업이 발달하여 이런저런 업체가 난립하고 일부 부실 상조회사의 횡령과 과도한 고객유치로 피해자가 속출하는 사례도 있습니다. 장례지도사 자격증을 단순한 돈벌이로 생각해 막 뿌리는 상조회사도 있을 지경입니다. 몇몇 회사 때문에 겨우 인식이 조금씩 개선되고 있는 장례의 이미지가 다시 검은색으로 뒤덮이고 있습니다. 아직 장례에 대해 부정적인 편견이 심한데도 일반인이 꺼리고 기피하는 일에 도전하는 젊은 학생들이 기특할 따름입니다. 그런 그들이 시작도 해보지 못하고 편견과 싸워야 하는 상황을 볼 때면 답답하기만 합니다.

중고등학생을 대상으로 하는 청소년 진로박람회에 참가한 적이 있습니다. 지방의 한 중소도시 종합운동장에서 진행한 그 행사에는 다양한 직업의 사람들이 참가했습니다. 저는 장례유품정리 체험관을 운영했습니다. 처음에는 장례 관련 직업에 학생들이 관심을 가질까 걱정했지만, 의외로 많은 학생들이 우리가 있던 텐트를 찾아와 체험을 하고 갔습니다. 물론 단순 호기심 차원인 아이들과 다소 장난스러운 학생들도 없진 않았지만, 의외로 장례업을 자신의 진로로 삼을지 진지하게 고민하는 학생들도 있었습니다.

그런데 아침부터 부스 주변을 기웃거리던 한 여학생이 있었습니다. 부스에 들어올까 말까 망설이다가 사라졌기에 신경을 쓰지 않고 있었는데 멀리서 서성이는 모습이 보였습니다. 하루 종일 다가오지 못하더니 행사를 마칠 때가 다 되어서야 아무도 없는 틈을 타 부스로 들어왔습니다. 이 학생은 제게 장례와 유품정리 일을 해보고 싶다고 말했습니다. 저는 학생에게 "학생은 왜 이런 생각을 하게 되었나요?"라고 물었습니다. 그러자 학생은 "저는 죽음을 다루는 직업에 종사하면서 저의 죽음에 대해 공부하고 싶어요"라고 말했습니다. 이 대답을 듣자 '그래 이런 마음을 가진 학생이라면 내가 죽은 다음에 내 장례와 유품정리를 맡겨도 되겠는걸…' 하는 생각이 들어 저도 모르게 미소를 짓게 되었습니다.

어떻게 하면 장례업계로 입문할 수 있는지 모르는 사람에게 이 업계로 성큼 들어올 수 있는 길을 열어주는 장례지도사 자격증은 필요하고 바람직하다는 생각이 듭니다.

장례지도사도 자격증 시대가 된 탓인지, 제가 하는 일인 유품정리도 자격증을 만들자는 제의를 하는 사람들이 있습니다. 실제로 유품정리사 자격증 도입을 추진하는 사람들도 있고요. 하지만 저는 이런 제의에 동의하지 않습니다. 유품정리사 자격증을 만들면 자격증으로 인한 비즈니스는 될지 모르지만, 부모님의 유품을 정리할 때나 친척이나 지인의 유품을 스스로 정리할 때도 자격증이 필요하다면 사람과 사람의 관계가 단절되리라고 생각합니다. 다른 자격증을 가진 분들이 각 자격증에 맞게 일을 하면 되지 않을까 싶습니다.

영안실에서 만난 죽음

장례식장은 죽은 사람을 추모하는 공간이지만, 정작 어떤 과정을 거쳐 장례가 진행되는지 일반인은 잘 모릅니다. 저 역시 그동안 장례식장에 조문객으로 참석해 주로 빈소에만 가보았을 뿐 영안실에서 시신을 본 적은 없었습니다. 그런데 장례지도사 자격증을 취득하려면 장례식장에서 실습 과정을 거쳐야만 합니다. 그래서 장례식장에서 일할 수 있는 기회가 생겼습니다. 영안실에서 근무하며 시신을 닦고 수의를 입혀 입관까지 하는 일이었습니다.

유품정리를 하며 한 사람의 인생 발자취를 더듬는 과정을 통해 많은 배움을 얻었다면, 영안실에서 겪은 경험으로 한 사람의 주검을 직관적으로 바라보며 '자신의 생각이나 물건뿐만 아니라 몸 관리도 중요하구나'라고 알게 되었습니다.

　죽은 사람은 영안실 안의 냉동고에 잠시 머뭅니다. 따뜻했던 고인의 체온은 사망 직후 빠르게 식어가므로 시신 보존에 신경을 써야 합니다. 보관온도가 너무 낮으면 시신이 얼고, 온도가 높으면 부패가 진행되기에 냉동고의 온도를 4도 이내로 설정해놓습니다. 조금 늦게 발견된 고인은 급속히 온도를 낮춰야 시신의 훼손을 조금이라도 막을 수 있습니다. 이곳은 장례지도사들이 근무하는 곳이라 위생관리와 감염 예방을 위해 일반인의 출입을 엄격히 통제합니다.

　'영안실靈安室'이란 이름은 '죽은 사람의 영혼을 모시는 방'이란 의미입니다. '안치실安置室'이라고 하기도 합니다. 일본에서는 안치쇼安置所, 중국에서는 타이펑지엔太平间이라고 하는데, 모두 '편안하다'라는 의미가 내포되어 있습니다. 그도 그럴 것이 이곳에서 본 고인의 모습은 편안히 잠을 자는 듯했습니다. 그런데 이런 편안한 느낌과 달리 '영안실'이라고 하면 왠지 어둡고 으스스한 느낌이 들지 않나요? 영안실이 대부분 지하에 있어 더욱 을씨년스럽지 않나 생각됩니다. 국내에 처음 장례식장 건축 설계를 한 사람을 만날 수 있다면 영안실을 왜 지하에 두었는지 묻고 싶습니다.

장례를 치르기 위해 영안실에서 장례지도사들이 가장 먼저 하는 일은 수시收屍입니다. 수시는 몸을 바르게 하는 것으로 시신이 굳기 전에 몸을 가지런히 놓는 의식입니다. 원래 임종 시에 수시를 해야 하지만, 임종을 지키지 못하는 분도 있어 염습殮襲을 하기 전에 고인의 몸을 바른 자세로 만듭니다. 다음으로 고인의 시신을 목욕하여 수의襚衣를 입히고 염포殮布로 싼 뒤 입관하는 절차인 염습을 합니다. 예서禮書의 규정을 따르면, 고인의 돌아가신 날 습(襲, 쑥이나 향나무 삶은 물로 시신을 씻긴 뒤 옷을 갈아입힘)을 하고, 그다음 날 시신을 네모나게 이불로 싸서 묶는 소렴小殮을 하고, 그다음 사흘째 되는 날에는 소렴한 시신을 입관하는 절차까지 통상 3일에 걸쳐 진행하지만, 현재는 돌아가신 다음 날 간소하게 모든 절차를 통합해 입관 절차를 마칩니다.

저는 장례식장에서 선배 장례지도사에게 직무교육을 받았습니다. 선배는 김씨로 저와 성이 같았습니다. 어느 날 저는 여느 때와 같이 시신의 크기에 맞는 수의를 염습실에 준비해 놓았습니다. 그런데 염습을 가르치던 김 선배는 저에게 빈소에 다녀오라고 부탁했습니다. 유족이 별도의 수의를 준비했다고 말이지요. 저는 상주를 만나러 빈소로 올라갔습니다. 빈소에서는 유족들이 한참 문상객을 맞고 있었습니다. 저는 조금 전까지 안치실에 모신 고인의 시신을 확인하고 왔는데, 상주와 문상객은 시신과 한참 거리가 떨어진 곳에서 고인도 없이 화려한 꽃장식 앞에 영정사진만 두고 조문을 하고 있었습니다. 뭔가 이상하고 생경한 느낌이 들었습니다.

빈소의 유족과 조문객이 모두 까만색 옷을 입고 있어 상주를 찾기가 쉽지 않았습니다. 상주를 찾기 위해 여러 사람의 움직임을 보며 두리번거리다가 다행히 완장을 찬 상주를 발견하였습니다. 누가 고안한 방법인지 모르지만, 이런 의미에서 완장을 차는 것이라면 처음 시도한 사람에게 감사할 따름입니다.

상주는 정성스레 수의를 꺼내 저에게 건넸습니다. 곁에는 고인의 아내로 보이는 할머니가 계셨는데, "수의는 꼭 이 옷으로 입혀주세요. 저희가 비싸게 주고 따로 준비한 한지 수의입니다"라고 말했습니다. 수의를 들고 나오는데 등 뒤에서 "몇 해 전 노인매장에서 2백만 원 주고 산 수의야!"라며 주변 사람들에게 이야기하는 소리가 들렸습니다.

영안실로 내려와 김 선배에게 수의를 건네자, 수의를 받아든 김 선배는 "이걸 한지 수의라고 주던가요?"라며 놀란 기색으로 저를 바라보았습니다. 그에 따르면 유족이 준비한 수의는 중국산 저가 나일론 수의로, 유족들이 사기를 당한 것이라고 했습니다. 그러면서 최근에 이런 일이 자주 일어난다고도 했습니다. 하지만 김 선배는 슬픔에 잠긴 유족에게 이런 사실을 굳이 알릴 필요가 없으니, 아무 말 없이 유족이 해달라는 대로 준비한 수의를 입혀드린다고도 했습니다. 그러면서도 항상 마음 한편이 개운하지 않다고 말했습니다.

바쁘게 돌아가는 영안실에서 잠시 한숨을 돌리고 난 뒤 안치실 냉동고의 다른 칸 문을 열었습니다. 안에는 여성 시신이 한 구 있었습니다. 시신은 수분을 머금은 탓인지 산 사람보다 몸이 조금 불어 있었습니다. 시신을 꺼내 수시를 하기 위해 고인의 볼에 내 손을 가져다 대어보니 마치 얼음물에 손을 잠시 담근 듯 차갑게 느껴졌습니다. 하지만 시신과 내 손의 온도만 다를 뿐 죽은 사람이나 산 사람의 피부에서 느껴지는 촉감은 똑같았습니다.

염습대 위에 누운 고인의 얼굴을 보니 연세가 아주 많은 할머니가 눈을 감고 있는 것처럼 보였습니다. 그런데 영안실 칠판에 적힌 안치실 번호를 따라가보니 고인은

50대로 저와 나이가 비슷했습니다. 저는 김 선배에게 연세가 얼마 되지 않는데 왜 노인처럼 보이는지 이유를 물었습니다. 그러자 김 선배는 사람이 죽으면 핏기가 없어 시신은 산 사람보다 훨씬 나이가 많아 보인다고 했습니다. 그래서 최근에는 시신의 얼굴에 화장을 하는 직업도 생겼다고 합니다.

염습은 두 명이 한 조가 되어 진행합니다. 시신은 마치 통나무를 드는 것처럼 제 몸에 그 무게가 그대로 전달되었습니다. 제가 김 선배에게 "시신이 왜 이렇게 무거운가요?"라고 묻자, 선배는 "시신이 무거워 장례지도사 가운데에는 손목이 좋지 않은 분이 많아요"라고 짧게 대답했습니다.

시신을 손과 얼굴, 목과 가슴, 허벅지, 발가락까지 깨끗이 닦은 뒤, 뒤로 돌려 눕혀 등에서 엉덩이, 종아리 그리고 발뒤꿈치까지 닦습니다. 이 과정에서 고인이 살아오면서 관리한 몸을 모두 볼 수 있습니다. 고인 가운데는 백옥처럼 깨끗한 피부에 주무시듯 눈을 감고 있어 '이 분이 정말 돌아가신 분일까?' 하는 생각이 드는 분도 있지만, 피부가 붉게 변했거나 죽기 전에 욕창이 심해 괴사가 일어난 분도 있습니다. 그런 분을 볼 때면 소독을 해드리고 싶은 마음이 생길 정도로 마음이 아립니다. 깊게 팬 상처를 보면 '생전에 얼마나 쓰라리고 아팠을까?' 하는 생각이 들고, 오히려 '이제 더는 고통이 없을 테니 편안한 모습으로 누워 계시구나!'라는 생각도 듭니다.

장례지도사들은 입관식을 준비하며 유족이 고인에 대해 좋은 기억을 오래 간직할 수 있도록 고인을 최대한 예쁜 모습으로 단장합니다. 이때 고인의 머리카락을 빗으로 가지런히 빗어 넘기고 수염도 깎습니다. 그런데 이때 주의할 점이 있습니다. 고인의 수염을 깎을 때는 산 사람의 수염을 깎을 때와 달리 매우 조심해야 합니다. 행여나 수염을 깎다가 살을 면도날에 살짝 베기라도 하면 큰일이 벌어집니다. 죽은 사람도 색깔만 다를 뿐 진한 검붉은 색의 피를 흘리는데 죽은 사람의 피는 멈추지 않습니다. 산 사람들은 시간이 지나면 지혈이 되지만, 죽은 사람은 지혈제를 발라야만 피가 멎습니다.

입관을 위해서 고인에게 수의를 입히고 소렴과 대렴大殮이라는 절차를 거칩니다. 원래 소렴은 운명한 다음 날 습을 마친 시신을 옷과 이불로 싸고 베로 묶어 관에 넣을 수 있도록 준비하는 유교식 상례 절차입니다. 운명한 사흘째 날 소렴한 시신을 다시 옷과 이불로 싸고 베로 묶어 관에 넣는 절차를 대렴이라고 하는데, 근대화의 물결로 상례 절차는 큰 변화를 겪어 대렴은 습 · 소렴과 함께 진행하는 것이 일반화되어 이를 묶어 '염습'이라고 부르고 있습니다.

관은 일반적으로 재질이 가볍고 무늬가 좋으며 내습성이 높은 오동나무를 사용합니다. 물론 고가의 소나무와 향나무 관도 있지만, 현재 사용하는 관은 대부분 저렴한 제품으로 중국에서 들여오고 있습니다. 이전과 달리 장례문화도 많이 변했습니다. 불과 30년 전까지만 해도 한국의 장례는 시신을 매장해 봉분을 조성하는 형태가 일반적이었지만 최근에는 현대화된 화장장 시설과 의식 변화로 화장률이 무려 90퍼센트에 육박합니다. 그래서 화장한 유골을 유골함에 담아 보관하는 납골 방식이 일반화되었지만, 여기에도 문제가 있습니다. 유골함에 유황 처리를 하기에 향후 엄청난 폐기물이 발생할 수 있습니다. 그래서 화장한 유골을 나무 주변에 함께 묻는 수목장이나 바다에 유골을 뿌리는 해양장처럼 자연장이 대안으로 떠오르고 있습니다.

어떤 방식으로 장례를 치를지는 자신이 선택해야 하는 문제입니다. 저는 현직에 근무하는 장례지도사들의 생각이 궁금했습니다. 그래서 장례지도사를 만나면 꼭 물어보곤 합니다. "죽으면 어떤 방법으로 장사를 치르고 싶으신가요?" 질문을 받은 장례지도사들은 대부분 이렇게 대답했습니다.

"평소 제가 입던 옷 가운데 깨끗한 옷 한 벌을 준비해 입히고, 꽁꽁 묶지 말고 그대로 입관해 화장한 뒤 가족들이 원하는 방법대로 유골을 봉안했으면 좋겠어요."

태국에서는 음주 운전을 하다가 적발되어 유죄 판결을 받은 사람은 병원 영안실에서 사회봉사 활동을 해야 합니다. 이를 통해 음주 운전자에게 부주의한 운전이나 음주 운전을 하면 죽을 수 있다는 두려움을 심어줄 수 있고, 사고가 초래하는 육체적, 정신적 훼손을 직접 눈으로 보게 할 수 있기 때문이라고 합니다.

영안실은 많은 사람들이 생업을 위해 일하는 일터이자, 우리가 막연히 생각만 하던 죽음을 구체화하는 공간이기도 합니다.

죽음의 비용

유품정리 일을 하지 않을 때에도 저는 오랫동안 장례산업의 변화 과정을 관심 있게 지켜보았습니다. 대학 시절 도시락회사에서 아르바이트를 한 적이 있습니다. 도시락을 새벽에 배달해야 했기에 저는 공장 사무실 한 귀퉁이에 마련된 간이 숙소에서 생활했습니다. 공장에서 밤새 만든 도시락을 회사 트럭에 실어 배달하고, 일이 끝나면 학교에 가서 수업을 들었습니다. 이런 생활을 1년 반이나 했으니 아르바이트로는 꽤 오래한 셈입니다.

그 시절 도시락회사는 상조회사와 거래하였습니다. 초상을 치르는 집에서는 장지로 갈 때 먹으려고 도시락을 주문하는데, 저는 새벽마다 장례를 치르는 가정집으로 도시락 배송을 다녔습니다. 가끔 공원묘지나 화장장으로 배달을 간 적도 있습니다. 저와 장례업의 인연은 이때 시작된 셈입니다.

대학을 졸업한 뒤에는 손해보험회사에 입사해 근무하며 사망보험금 업무를 자주 접했습니다. 어느 날 딸이 교통사고로 죽어 사망보험금을 수령하려고 한 부부가 방문했습니다. 남자친구가 몰던 오토바이 뒷좌석에 타고 가던 10대 소녀가 사고로 그 자리에서 즉사한 사건이었습니다. 부부는 딸의 장례를 치른 직후 보험회사에 방문했습니다. 그들은 '49재를 해야 한다' '안 해도 된다'는 의견으로 다투었습니다.

"이 돈으로 하면 되잖아."

"미쳤어? 이 돈이 어떤 돈인데…"

사정을 들어보니 딸을 위한 49재와 천도재 비용으로 2천만 원이 드는데, 딸을 위한 일이니 사망보험금으로 하면 된다는 아내와 이를 반대하는 남편 사이에서 서로 고성이 오고갔습니다. 사정이 다를 뿐 한 달에 한두 번은 사망보험금 사용 문제로 고성이 오가는 일이 벌어졌습니다.

사업을 시작한 뒤에는 상조회사에 소모품을 납품한 적이 있습니다. 오랜 기간 이 회사와 거래하며 한 달에 한 번씩 담당자를 방문했습니다. 유품정리 일을 시작하고는 또 다른 상조회사와 함께 6년간 협력업체로 서비스를 진행했습니다. 그러고 보니 이래저래 30년의 세월 동안 국내외 장례산업의 변화를 쭉 지켜보게 되었습니다.

어린 시절 동네에서 초상이 나면 임시 천막이 설치되었습니다. 상갓집 주변으로 설치된 천막에 밤새 불을 밝히고 사람들이 북적였습니다. 그 당시 어른들은 '죽은 사람의 시신을 지켜야 한다'며 밤새 천막 주위에서 화투를 쳤습니다. 초상집의 밤샘 문화는 제가 성인이 될 때까지 한동안 계속되어 저도 지인의 장례식에 참석해 밤샘을 한 적이 여러 번입니다.

초등학생 때 할머니가 돌아가셨습니다. 아버지는 작은 아들이라 할머니의 장례는 큰집에서 치렀습니다. 당시 큰집은 4층짜리 아파트에 있었는데, 조문객이 밀려들자 앞집과 윗집, 아랫집의 거실을 빌려 장례를 치렀습니다. 같은 아파트 주민들은 자신의 공간을 내어주는 불편을 감수하는 것뿐만 아니라 문상을 온 손님들을 맞이하느라 음식을 나르는 수고까지 마다하지 않았습니다. 그 후 중학교 시절 고모가 돌아가셨을 때도 아파트에 살던 고모의 집에서는 큰 집의 장례와 비슷한 풍경이 벌어졌습니다.

어느덧 세월이 흘렀고, 지금은 이런 광경을 좀처럼 보기 힘듭니다. 장례식장의 등장과 함께 장례문화는 많이 변했습니다. 매장에서 화장으로, 묘지에서 납골당으로, 비석에서 유골함으로 대부분 바뀌었습니다. 상호 부조는 품앗이에서 서로 돈을 주고받는 사이가 되었고요. 시골의 마을 단위까지 장례식장이 들어서 어느새 사람들 사이에 서로 불편을 주고받지 말자는 생각이 자리 잡았습니다. 이런 과정을 거치면서 고인의 장례용품도 바뀌고 유족의 상복도 누런 삼베옷에서 검정색 옷으로 바뀌었습니다. 이러다 보니 최근의 장례식에는 전통과 신식 문화가 혼재하고 있습니다. 남자의 검은색 양복과 여성의 개량한복이 표준 상복이 된 것을 보면 극명하게 알 수 있습니다. 최근에는 상조회사나 장례식장마다 진행요원들의 옷이나 형식도 달라 어떤 회사를 선택하느냐에 따라 각각 다른 형식의 장례를 선택할 수 있습니다.

한 사람이 사망하면 장례비용은 얼마나 필요할까요? 2015년 한국소비자보호원의 조사에 따르면 우리나라의 평균 장례비용은 약 1,380만 원이라고 합니다. 이 금액은 화장을 기준으로 한 것으로 매장 방식으로 장례를 치르면 이보다 약 230만 원 정도 비용이 추가됩니다. 준비 없이 갑작스럽게 죽음을 맞이하면 한 번에 많은 돈이 필요하기에 장례비용도 걱정거리 가운데 하나입니다. 장례를 치르기 위해선 목돈이 들기 때문에 사람들은 대부분 상조상품을 이용합니다. 최근에는 기업에서 상조회사와 협약을 맺고 직원복지로 상조를 가입해 상조 서비스를 보다 더 쉽게 이용할 수 있습니다. 그런데 직장을 다니는 사람마다 상조가 가입되어 있어 가족 전체로 본다면 중복으로 가입되어 있기도 합니다.

그런데 가족에게 갑자기 큰일이 일어나면 상조상품만으로 장례에 들어가는 비용을 모두 해결할 수 있을까요? 결론부터 말하자면, 현실은 그렇지 않습니다. 장례는 염습과 입관, 조문객 맞기, 시신 운구, 화장 또는 매장, 납골 또는 산골 등 여러 단계를 거칩니다. 이 가운데 상조상품은 관과 수의, 장례용품 등 염습과 입관에 필요한 각종 소모품과 제단에 필요한 꽃장식, 운구에 필요한 장의차나 리무진, 화장 후 필요한 유골함이 패키지로 구성되어 있습니다. 물론 여기에 필요한 인력도 함께 파견해 장례를 지원하고 있습니다.

그런데 장례를 치뤄보면 상조회사에서 제공하는 상품과 서비스는 장례식 전반에 필요한 장례비용의 극히 일부분에 지나지 않는다는 것을 알 수 있습니다. 이유는 상조회사가 처음 생길 때는 대부분 집에서 초상을 치렀고, 매장을 선호했기에 여기에 맞춰 상품설계가 되어 있기 때문입니다. 실제 장례비용은 대부분 장례식장 빈소 사용료, 염습실 사용료, 고인에게 올리는 상식, 조문객을 맞이하는 음식비용에 듭니다.

　상조회사는 고객을 유치하기 위해 상호 간에 더 좋은 서비스로 치열한 경쟁을 하는 탓에 수익이 거의 없는 상조상품을 팔고 있습니다. 게다가 장례지도사들은 매 장례마다 장례식장에 파견되어 근무하기 때문에 장례식장과 공생관계에 있습니다. 자연스레 장례식장의 매출을 위해 노력하게 됩니다. 유족은 장례절차가 까다롭다고 생각하기에 상조회사에서 파견한 장례지도사의 말에 의존할 수밖에 없습니다. 특히 장례를 처음 치르는 사람의 경우 더욱 그렇습니다. 이 상황에서 기본 상조상품 외에 각종 선택 옵션이 있고, 마지막 효도로 옵션을 선택해야 더 좋은 곳으로 보낼 수 있다고 권유하면 유족들은 이말을 외면하기 힘듭니다. 최근에는 장례식장에서 장례지도사를 직접 고용해 장례를 주관하기에 장례식장의 매출은 직원인 장례지도사의 성과지표가 됩니다. 실제 장례를 치르면 소비자보호원의 평균 장례비용을 훨씬 초과하게 됩니다.

　그렇다면 장례를 치르는 데 왜 이렇게 비용이 많이 들까요? 그것은 한꺼번에 많이 모인 부조금 때문은 아닐까 생각해봅니다. 가족의 임종은 갑자기 일어난 경우가 많고, 짧은 시간 안에 많은 사람이 몰려 경황이 없는데다 유족들이 서둘러 결정해야 할 일이 한두 가지가 아닙니다. 십시일반 부조금이 모여 한꺼번에 큰돈이 생기면 계획 없는 소비로 이어집니다. 게다가 비용 산출이나 원가 계산처럼 회계장부도 없어 유족들은 대부분 그 돈을 공돈이라고 생각합니다. 장례식의 부조금은 가족이 공동으로 관리하고 사용하기 때문에 자신의 돈이라는 생각이 약합니다. 그렇다면 한꺼번에 많이 들어온 이 부조금은 누구의 돈일까요? 장례식에 들어온 부조금은 가족이 공동으로 관리해야 할 공금이라고 생각할지 모르지만, 사실 이 돈은 유족 한 사람 한 사람 개인의 것입니다. 야속할지 모르지만 장례비용의 공동부담과 비율에 따른 명확한 계산이 필요합니다.

아버지가 돌아가셨을 때 저는 형편이 좋지 못했습니다. 그런 탓인지 장례식에는 친구나 지인이 많이 참석하지 않았습니다. 그런 중에 감사하게도 몇몇 친구가 고액의 부조금을 전해줘 덕분에 장례를 잘 치를 수 있었습니다. 장례를 치르고 난 뒤에도 제 형편은 금방 나아지지 않았습니다. 그런데 저에게 부조를 했던 친구가 장례를 치른다고 하면 받았던 금액만큼 부조금을 돌려줘야 했습니다. 막상 어려운 상황에서 큰 금액은 부담스러웠고, 심지어 어떨 때는 고액 부조를 했던 친구가 부모님이 편찮으시단 이야기를 하면 안타까운 사정보다 혹시 부고가 올까 봐 걱정이 앞섰습니다.

사실 부조금은 장례를 치른 뒤 개인이 평생 나눠 갚아야 할 빚입니다. 특히 이 돈은 단순한 금액이 아니라 사회생활을 하는 동안 지속적으로 납입해온 인간관계 비용입니다. 이 때문에 가족의 장례 시 많은 돈이 들어왔다고 마냥 좋아할 일은 아닙니다. 장례를 치를 때 가족들이 공동으로 부담해야 할 금액을 제외하면 문상객을 맞이한 형제들과 가족들 개인별로 장부를 만들어 회계처리를 분명히 해야 할 돈입니다.

직장을 다니는 사람이라면 장인, 장모나 시부모의 장례에도 동료나 친구들이 부조금을 전달합니다. 그런데 정작 며느리나 사위는 친형제들이 결정하는 과정에 끼지도 못하고 부조금을 돌려받을 수도 없습니다. 그런데도 향후 같은 일이 일어나면 그만큼 부조를 해야만 합니다. 돈을 받는 사람이 따로 있고, 쓰는 사람이 따로 있는 형국입니다. 심할 경우 친형제 사이에서 부조금 문제로 갈등이 일기도 합니다.

사망보험금 역시 마찬가지입니다. 물론 상속인이 있는

경우 고인이 가입한 보험금을 상속인이 생활자금으로 사용하면 되겠지만, 한꺼번에 지급된 사망보험금을 곧바로 사용하려고 하기도 합니다.

죽음 주변에는 살려야 한다는 절박함과 사망 후 불안하고 허무한 심리를 파고드는 돈이 몰립니다. 하지만 곰곰이 생각해보면 모두 평소에 생활 속에서 자신이 지불한 돈이거나 앞으로 지불해야 할 돈입니다. 보험금은 매달 받는 월급에서 납입해야 할 돈이고, 부조금은 평생을 두고 모두 갚아야 할 빚입니다.

———

어느 날 한 친구가 전화를 걸어와 물었습니다.

"처조카가 지게차에 깔려 사망했는데 시신 성형이 왜 이렇게 비싼 거야?"

처음엔 뜬금없는 질문에 다소 당황했지만, 계속해서 이야기를 들어보니 진짜 어이가 없었습니다. 사연은 이랬습니다. 지게차에 깔려 사망한 사람은 젊은 여성으로 시신이 심하게 훼손되었습니다. 그런데 장례식장에서 훼손된 시신의 복원을 위해 시신 성형을 하는 건 어떻겠냐고 제의를 해왔습니다. 비용은 한 바늘 꿰매는 데 10만

원씩 대략 3천만 원이라고 했습니다. 젊은 나이인 고인을 허망하게 하늘로 보낸 유족의 입장에선 어떤 일이라도 하고 싶지만, 금액이 너무 커 망설여졌습니다.

저도 처음 듣는 이야기라서 현장에서 근무하는 사람에게 물어보니, 일부 지방에서는 사고로 사망한 경우 '사고사'라고 부르며 이처럼 무리한 금액을 요구하는 업체도 있다고 했습니다.

억울하게 죽은 사람을 위해 이런 상황에서 수천만 원을 들여 시신을 복원하라고 권유한다면 유족 입장에서는 고민하지 않을 수 없습니다. 또 사망한 사람을 위한다는 명목으로, 고인의 원혼을 달래기 위해 좋은 곳으로 보낼 수 있다며 의식에 과도한 비용을 요구하는 경우도 있습니다. 심리적으로 슬프고 허한 상태에서 이런 권유를 받으면 '한다' '안 한다' 어느 쪽 선택이라도 개운하지 않을 것 같습니다. 그런데 분명한 것은, 어느 쪽을 선택하더라도 사망한 사람이 다시 살아날 수 없다는 사실입니다.

제가 진짜로 무서워하는 것은

"무섭지 않으세요?"

이 일을 하다 보면 이런 질문을 자주 받습니다. 장례식장이나 화장장, 납골당에서 일하는 근무자들과 만나 이야기를 해보면 하나같이 이런 질문을 많이 받는다고 말합니다. 이 업계에 입문하기 전까지 저도 죽음을 두려워했습니다. 죽은 사람의 시신이나 죽은 사람이 쓰던 물건을 보면 왠지 으스스한 느낌이 들었고, 죽음은 생각조차 하기 싫었습니다. 하지만 유품정리사로 일하고부터 생각이 완전히 바뀌었습니다. 저에게 죽음은 당장 해결해야 할 한 건의 문제에 지나지 않습니다. 죽은 사람의 시신이나 죽은 사람이 생활하던 공간, 죽은 사람이 쓰던 물건은 결코 공포의 대상이 아닙니다.

자신의 죽음을 생각하다 너무 막막한 마음이 들어 '죽음이 무섭다'라는 느낌이 든다면 모를까, 죽은 사람을 미신과 연결지어 '귀신이 무섭다'고 한다면 저는 동의할 수 없습니다. '죽음'이라는 하나의 사건이 발생하면 고인의 시신이나 유품정리뿐 아니라 상속절차나 각종 신고, 행정업무까지, 처리해야 할 일이 한두 가지가 아닙니다. 처음 접하는 일이기에 유족은 장례 뒤 어떤 일을 어떻게 처리해야 할지 우왕좌왕하고, 상조회사 종사자는 고인의 시신만 담당하기 때문에 장례가 끝나면 곧바로 회사로 복귀해버립니다. 그런데 실제 바쁜 일은 장례가 끝난 다음부터 시작됩니다.

이런데 죽은 사람의 혼령이 구천을 떠돈다느니 하며 불안감을 조성하는 사람들의 말만 믿고 순진한 유족들은 제게 하기 힘든 일을 요구할 때가 있습니다. 장례식장에서 염습 실습을 하던 날이었습니다. 돌아가신 할아버지의 장례를 치르던 할머니가 영안실로 들어가는 저에게 하얀 종이에 싼 무언가를 건넸습니다.

"이거 할아버지 틀니입니다. 염습할 때 고인의 입 안에 넣어주세요."

저는 얼떨결에 할머니에게 틀니를 건네받았습니다. 할

머니 말에 따르면 죽은 할아버지가 저승에 가더라도 틀니가 있어야 밥을 먹을 수 있다며 입관 시 할아버지의 입에 넣어달라고 했습니다.

저는 유족에게 받은 틀니를 입관을 준비하는 김 선배에게 건넸습니다. 김 선배는 마지막 고인의 모습을 가장 좋게 보여드리기 위해서는 쌀과 솜으로 입 안을 채운 뒤 입을 다물어 미소를 머금은 모습을 유지해야 하니 틀니를 시신의 입 안에 넣지 않는 편이 좋겠다고 했습니다. 하지만 유족의 요구사항이라 안 넣을 수는 없으니 관 안쪽 한 귀퉁이에 함께 넣어두라고 말했습니다. 저는 그 틀니를 관 한쪽에 넣다 말고 유품정리를 하러 갔을 때 고인이 쓰던 안경과 틀니를 태워달라고 요청하던 의뢰인이 생각났습니다.

화장장 내부시설을 견학한 적이 있습니다. 이때 화장이 끝난 시신의 유골을 수습하며 보니 많은 쇠뭉치가 나왔습니다. 사고로 수술을 할 때 다리에 박아 심어놓은 철로 된 핀이며, 안경이나 틀니 등 시신과 함께 타다 남은 각종 쇠뭉치들이 있었습니다. 시신을 화장하면 모두 불에 타서 깨끗한 유골을 수습해야 할 텐데 이물질로 인해 유골의 색깔이 변할 수도 있어 관에는 시신 외에 아무것도 넣지 않는 편이 좋습니다. 모두 나름대로 마음을 위로하려 한다는 건 알겠지만, 절차에 따라 일을 처리해야 하는 종사자로서는 무리한 요구가 때로는 난감할 뿐입니다.

죽음에 관한 일을 하고 있으니 죽음을 이용하려는 사람들을 만나면 저절로 관심이 갑니다. 죽은 사람의 혼령이 원귀가 되어 저승으로 가지 못하고 구천을 떠돌아다니고 있으니 제사를 지내야 한다는 사람도 있고, 조상에게 제를 지내야 한다며 무리한 금액을 요구하는 사람도 자주 만납니다. 이런 사람들을 볼 때마다 저는 죽은 사람이 무서운 것이 아니라 오히려 죽은 사람을 활용하는 산 사람들이 훨씬 두렵고 무섭습니다.

그런데 귀신보다 훨씬 무서운 것이 있습니다. 사망한 지 한참 뒤에야 시신이 발견되는 이른바 '고독사'입니다. 집에서 사망한 뒤 시신이 늦게 발견되면 사체에서 양동이를 뒤집어 놓은 것처럼 다량의 체액이 흘러나와 머리카락을 적십니다. 죽은 사람의 온몸에서 빠져나온 기름이 피와 함께 응고되어 시멘트를 발라놓은 것처럼 시신의 머리카락과 살갗을 방바닥에 고정시켜 버립니다. 완전히 밀폐된 곳이라고 하더라도 어디선가 파리가 들어오고 눈꺼풀이나 콧구멍 등 수분이 있는 곳에 산란합니다. 사후 며칠이 지나면 구더기가 발생하고 시신이 부패하면서 구더기는 파리로 부화하며 다시 파리는 알을 낳아 번데기로, 번데기는 다시 구더기로 변하는 과정을 여러 번 반복합니다. 시신은 이들이 살기에 좋은 양분을 제공합니다.

고독사한 시신은 수습 단계부터 난항입니다. 사체를 바닥에서 떼어내면 녹아내린 피부와 머리카락은 그대로 눌어붙어 있고, 누군지 육안으로 형체를 알아볼 수 없을 만큼 함몰된 얼굴은 보자마자 눈을 감게 만듭니다. 이런 광경을 우연히 본다면 한동안 트라우마에 빠져 아무것도 할 수 없을지 모릅니다. 하지만 가족들은 신원 확인을 위해 반드시 눈을 떠야 합니다.

고독사한 시신을 보면 시각적으로만 괴로운 것이 아닙니다. 부패한 시신이 만들어낸 냄새는 숨을 쉴 때마다 몸속 깊숙이 전달됩니다. 코로 냄새만 맡아도 한동안 코 기능이 마비되고, 숨을 쉴 때마다 독특한 냄새로 인해 폐 기능이 마비되는 느낌을 받습니다. 너무도 끔찍해 지옥이 따로 없습니다. 고독사의 피해는 여기서 그치지 않습니다. 고독사로 인해 냄새가 스민 가재도구는 모두 다 버려야 합니다. 집 한 채 분량을 그대로 폐기해야 합니다.

일본 회사의 대표를 처음 만났을 때 그는 제게 유품정리를 하다 보면 가끔 이런 현장을 만나는데 감당할 수 있겠느냐고 물었습니다. 그러면서 책을 한 권 건넸습니다.

그 책은 그가 그동안 유품정리 현장에서 마주한 가장 처참한 순간들만 모아놓은 내용으로, 일본 사회에 고독사의 심각성을 알리는 계기가 되었습니다. 글로써 상황을 상상할 때만 하더라도 의기양양하게 각오가 되어 있다고 말했습니다. 하지만 막상 현장을 맞닥뜨리고는 그 말을 이내 후회하고 말았습니다.

일본 대표는 제게 고독사 현장보다 고독사 자체에 훨씬 큰 문제가 있다고 이야기했습니다. 그는 가까운 장래에 이런 일이 폭발적으로 증가할 것이라고 예상했습니다. 책에서 소개한 것뿐만 아니라 그동안 자신이 경험한 고독사 현장의 다양한 유형을 소개해주었습니다. 등에서 소름이 돋았습니다. 일본은 고독사로 인한 폐해가 심각합니다. 이런 심각성을 인식한 일본의 후생노동성은 고독사를 줄이기 위해 안간힘을 쓰고 있습니다. 정부뿐만 아니라 민간에서도 각자의 위치에서 고독사를 줄이기 위해 역할을 하고 있습니다, 일본 회사의 대표는 현장에서 목격한 고독사의 심각성을 알리기 위해 사례를 담은 DVD를 만들었고, 일본 전역을 돌며 고독사 예방 강연을 하고 있습니다. 저는 일본 회사의 고독사 예방 강연을 수차례 동행했습니다. 그리고 각 지방자치단체나 복지관이 어떻게 이 문제를 줄여나가는지 보기도 하였습니다.

처음 이 일을 시작했을 때 주위 사람들은 제게 "왜 쓸데없는 일을 하느냐?"고 말했습니다. 생로병사生老病死 가운데 죽음, 사死에 해당하는 일이기 때문입니다. "때려치워라!"라고 말한 사람도 있었습니다. 저는 그때마다 고독사의 심각성을 역설하며 '지금 예방하지 않으면 안 된다!'고 소리를 높였습니다. 하지만 제 목소리는 멀리까지 가닿지 않았습니다. 다행히 잡지사 기자 한 분이 제 책 출판에 맞춰 고독사의 심각성을 알리는 기사를 써주었지만, 이 기사가 나간 뒤에도 국내 미디어는 고독사의 자극적인 부분만 부각했습니다.

얼마 전 9층에서 사망한 사람에게서 나온 체액이 아래층인 8층으로 흘러내렸다는 전화를 받았습니다. 저는 오랫동안 알고 지내던 특수청소업체 대표에게 연락해 현장 수습을 부탁했습니다. 2021년 4월 1일 우리나라에서도 드디어 고독사예방법이 시행되었습니다. 아무쪼록 실효성 있는 대책이 될 수 있기를 기원합니다.

삶의 의미

누구에게나 찾아오는 죽음. 죽음 이후에 관련한 일을 하고부터 다양한 미디어 매체와 작가, 예술가 들에서 인터뷰 제안이 옵니다. 그런데 인터뷰를 위해 사전 질문지를 받으면 항상 빠지지 않는 질문이 있습니다. '다른 사람의 죽음을 바라보며 자신의 죽음은 어떠리라 생각하는가'에 대한 것입니다.

사후세계는 아무도 알 수 없는 세계이고, '사람이 죽으면 어디로 가는가?'라는 질문처럼, 영혼이 있는지 없는지도 알지 못합니다. 죽어본 경험도 없어서 뭐라 드릴 말씀도 없습니다. 다만 저는 장례지도사이자 유품정리사이니 죽은 사람의 시신과 고인이 남긴 물건에 대해서는 자신

있게 말할 수 있습니다.

유품정리 일을 접하기 전에는 죽음과 관련해 그동안의
지식과 경험을 바탕으로 막연한 이미지를 가지고서 그
것이 '죽음'이라고 여겼습니다. 죽음을 생각하면 끝, 사라
짐, 허무 등 어둠과 막막한 감정이 들었고, 이별로 인한
슬픔과 눈물이 먼저 떠올랐으며 검은 상복이나 영정사진
이 죽음을 대표한다고 생각했습니다.

살면서 죽고 싶을 때도 여러 번 있었습니다. 그러면서
도 죽는 건 항상 두려웠습니다. '나는 어디로 가는 것일
까? 이 넓은 우주에서 나는 어디에서 왔고 어디로 가는
걸까?' 제가 사라진 세상을 생각하면 낭떠러지에서 떨어
지는 느낌이 들어 너무 무서웠습니다. 그래서 죽음은 애
써 생각하기 싫었습니다. 생각해보니 사춘기 시절부터
죽음에 대해 고민이 많았나 봅니다. 여러 번 죽을 뻔한 적
도 있었지만, 다행히 고비를 잘 넘기고 살고 있습니다.

직업으로 유품정리 일을 시작하고 난 뒤부터 하루도
빠지지 않고 죽음을 생각하고 있습니다. 하지만 이제는
죽음을 생각하면 지금까지 가졌던 막연한 이미지와 달리
각각 다른 상황이 머릿속에 그려집니다. 이를테면 '강원
도의 할아버지는 이런 삶을 살다 돌아가셨지'라던가 '아!
그 한의사는 참 안타까운 삶을 살았는데…' '젊은 대학생

이 너무 아까운 청춘을 버렸네' 등 유품을 정리하면서 알게 된 이들의 삶과 함께 각각 다른 사연이 떠오릅니다. 이제 제게 '죽음'이라는 단어는 막연함과는 거리가 먼 매우 구체적인 것이 되었습니다.

그런데 사람이 죽으면 정말 끝일까요? 시신만 놓고 본다면 생명은 끝이라고 생각할지 모릅니다. 하지만 사람은 죽어도 다른 사람의 기억에 남아 추억되고, 재산은 상속되며, 쓰던 물건은 어떤 식으로든 유품으로 남습니다. 비록 죽은 사람의 육신은 자연으로 돌아가지만, 자신이 살아 있을 때 함께했던 사람들과의 기억과 흔적, 그가 남긴 삶의 이야기 그리고 그 사람의 생각은 그대로 남아 어떤 식으로든 연결됩니다. 최근에는 과학기술의 발달로 인해 가상의 세계에 남겨진 암호화 재산과 포인트, SNS의 정보도 남습니다.

단순히 신체에 국한해 끝이라고 생각해도 장기기증이나 각막이식 등 죽은 사람의 신체 일부가 산 사람의 신체 일부가 되는 경우도 있어, 죽으면 끝이라고 단적으로 말할 수는 없습니다.

곰곰이 생각해보니 '죽음'이란 사람들이 소통하기 위해 만들어낸 언어일 뿐이었습니다. 마치 숫자처럼 실체가 없지만 사람들이 의사소통을 원활하게 하기 위해 서로 약속한 개념 가운데 하나라는 생각이 들었습니다. 우리는 실체가 없는 숫자에 얽매여 실체가 있는 것으로 착각합니다. 숫자처럼 죽음도 실체가 없는데 생각을 끌어다 획일적으로 생각하다 보니 끝이니, 마지막이니 하는 개념을 집어넣은 것에 불과합니다. 죽음이라는 단어는 우리가 소통하기 위해 만든 일종의 약속일 뿐입니다.

다른 사람은 죽음을 어떻게 생각하는지 모르지만, 저는 죽음을 현실적인 문제로 받아들입니다. 죽고 난 다음 영혼이 있는지 없는지 생각하기보다 먼저 시신이 어떻게 처리될지, 유품은 어떻게 정리할지 아니면 제가 죽고 난 다음에 혹시 상속에 문제가 생기지 않을지 등 제 주변 사람들이 저로 인해 겪을 수 있는 일들에 대해서 생각합니다.

살아 있는 지금을 기준으로 하여, 죽음을 인생이 끝나는 지점이라고 생각하니 마지막이고 끝이라 허무하다고 느낄지 모릅니다. 인생을 일직선으로 그리고, 시간이라는 개념을 사용해 태어나기 전과 죽은 뒤를 표시하면 인생에 시작이니 끝이니 하는 개념이 생겨납니다. 하지만 시간이나 공간은 구분되지 않고, 소통을 편하게 하기 위해 사람이 만든 개념에 불과하다면 죽음은 끊임없는 변화의 과정이지 끝이라고 할 수 없습니다.

전생 이야기를 하는 사람들도 있습니다. 저는 전생이 있는지 없는지 모릅니다. 하지만 자신이 태어나기 전을 기준으로 생각해보면 어딘지는 모르지만 오랜 기간 이 세상과 다른 곳에 존재하고 있었을 것 같습니다. 물론 현재 모습과는 전혀 다른 모습이었을 테지요. 이런 생각에서 보면 저 세상에서 이 세상으로 와 있는 지금은 잠시 머물다 원래 자리로 되돌아가는 과정의 일부일지 모릅니다. 가만히 눈을 감고 깊이 생각해보면 불현듯 제가 살아 있는 지금 이 순간이 얼마나 감사한지 모릅니다. 저라는 한 존재가 이 세상에 잠시 머물렀다는 사실로 인해 이 세계가 돌이킬 수 없는 영원한 변화를 일으켰다면 그것으로 제 역할은 의미가 있다고 생각합니다.

우리는 일상생활 속에서 죽음에 대해 생각할 기회를 가져야 합니다. 죽음을 두려워하고 죽음을 피하고 싶어 하는 분들은 본능에 사로잡히게 된 나머지 거기에 미신을 덧씌워 혼란을 초래하기도 합니다. 자신과 가까운 사람이 죽으면 죽음을 실감하게 되는데, 이런 경험으로 언제 죽을지 모른다는 생각을 문득 하게 됩니다. 죽음에 대해 자신의 생각을 뚜렷이 가져야 합니다. 그렇다고 죽음을 찬양하란 말은 아닙니다. 우리는 죽음을 '수용'해야 합니다. 수용에 이르기까지 가장 큰 장애물은 죽음에 대한 두려움일 것입니다. 죽음의 공포는 신체적인 고통에 대한 두려움과 자신의 존재가 사라져버리는 것에 대한 두려움이라고 생각합니다.

스스로 어떤 쪽을 선택할지는 살아 있는 동안 결정됩니다. 눈을 뜨는 순간 자신에게 새로운 하루가 주어졌다는 것을 인식할 수 있다면, 이렇게 맞이한 아침은 그야말로 감사하고 행복한 순간입니다. 어제 못다 한 일을 오늘 다시 시작할 수 있고, 어제 미처 못 한 말을 오늘 주어진 기회에 말할 수 있습니다. 만일 어제저녁이 마지막이었더라면 이런 기회는 영원히 가질 수 없습니다. 새소리와 바람 소리, 물소리는 고요한 아침을 깨우는 음악이고 아이들이 시끄럽게 뛰는 소리, 냄비가 떨어져 쿵쾅거리는 소리 모두 살아 있음을 느끼게 하는 증거입니다. 설령 제가 다음 날 일어나지 못하더라도 사람들은 이 세상에 없는 저를 고마운 사람으로 기억해줄 겁니다. 제가 원하는 것은 이 정도의 소박한 바람입니다. 이런 바람을 현실에서 순간순간 맞이하기 위해서는 매 순간 지나온 시간을 돌아보며 열심히 살아야 합니다.

이런 연장선에서 보면 이제 겨우 제가 이 세상에 왜 있는지 알 것 같습니다. 저에게 새로운 하루가 얼마나 주어질지 모릅니다. 하지만 제가 다시 제자리로 돌아가기 전까지 세상의 모든 생명체가 자연의 순리대로 순환해 아름다운 세상이 좀 더 오래 유지될 수 있도록 역할을 하고 싶습니다. 죽음은 삶과 연결되어 있다는 거창한 명제가 아니라 그저 지금 제가 해야 할 일만 해도 너무 많아 이 일을 다 해놓고 죽을지 모르겠다는 생각이 듭니다. 그저 조금이라도 더 열심히 정리해서 세상에 해야 할 몫은 좀 해두고 떠나자고 생각합니다. 대단한 일이 아닐지라도 생산적이고 발전적으로 누구에게나 도움이 될 수 있다면 그것으로 제 인생은 보람 있고, 제가 이 세상에 태어난 이유가 되겠지요.

사람은 산소가 없으면 숨을 쉴 수 없습니다. 행복이란 산소와 같아서 없어져야 비로소 그 소중함을 알 수 있습니다. 공기의 소중함을 모르는 것처럼 사람들은 지금 행복하게 살고 있지만 실감하지 못할 뿐입니다. 물속에 들어가야 숨을 쉴 수 없다는 것을 체감할 수 있듯이 전혀 다른 환경에 완전히 혼자 떨어져 있어야 자신이 얼마나 행복한 곳에서 살았는지 체감할 수 있습니다.

음식의 맛을 느끼기 위해서는 재료 그대로의 향과 맛을 잃지 않아야 합니다. 만일 설탕이나 소금으로 간이 된 음식에 길들여져 단맛과 짠맛을 음식의 맛으로 인식하고 있다면 그 사람은 맛이 무엇인지 모르는 사람입니다.

눈물과 땀의 진정한 의미를 모르는 사람은 행복이 무엇인지 모릅니다. 눈물은 자신에게 분노와 슬픔, 기쁨과 감동의 감정이 있을 때 흘립니다. 그런데 자신이 살아 있음에 감사를 느끼는 순간 흘리는 감동의 눈물은 진정한 자신의 감정입니다. 땀은 날씨가 덥거나 몸이 좋지 않을 때, 혹은 운동이나 노동으로 건강한 땀을 흘릴 때로 구분됩니다. 적당히 몸을 움직여 땀을 흘리고 난 뒤에 느끼는 상쾌한 기분은 사람을 기쁘게 만듭니다.

이처럼 감사한 마음과 신체를 적당히 움직여 흘리는 눈물과 땀은 진정한 행복이 무엇인지 깨닫게 합니다. 누구나 행복 속에 살고 있지만, 안타깝게도 누구나 행복을 느낄 수 있는 것은 아닙니다. 행복은 느낄 수 있는 사람만 느낄 수 있습니다.

3

남은 자의 몫

부모님에게 남은 시간

어느 날 지방의 작은 아파트에서 혼자 사시던 할머니의 유품을 정리하게 되었습니다. 고인은 아흔을 앞두고 돌아가셨다고 하는데, 집이 어찌나 깨끗한지 성격이나 성품이 흐트러짐 없이 깔끔한 분이었다는 걸 금세 짐작할 수 있었습니다. 고인이 평소 어떤 음식을 좋아하셨는지는 냉장고만 열어도 알 수 있었습니다. 습관처럼 생각 없이 냉장고 문을 열었더니 냉장고 안도 정갈하게 정리되어 있었고, 안치실처럼 냉기가 느껴지는 냉동실에는 검은색 비닐봉지에 아이스크림이 한가득 들어 있었습니다. 냉장고 앞 식탁에는 박카스와 비타민 음료가 각각 한 통씩 놓여 있었고요.

처음에는 집을 돌아보며 '고인께서 아이스크림과 박카스를 좋아하셨구나'라고 생각했습니다. 하지만 해가 지고 현장 작업이 끝날 때쯤 '아차, 이번에도 내가 잘못 생각했구나.' 하고 깨닫게 되었습니다.

매번 느끼는 일이지만, 아무 생각 없이 눈에 보이는 대로 유품을 처리했다간 진실을 왜곡할 수 있는 정말 어려운 일이 유품정리입니다. 고인이 냉장고에 아이스크림을 많이 사다 넣어놓은 이유를 옆집 아주머니와 경비원에게서 들을 수 있었습니다.

이웃의 말에 따르면, 고인은 인근 교회에 다니며 평소 주변 사람들에게 아이스크림과 박카스를 자주 나눠주셨다고 합니다. 남을 배려하는 마음이 먼저였던 고인 곁에는 항상 사람들이 몰렸고, 이따금 사람들에게 큰며느리 자랑을 늘어놓을 때면 환하게 웃는 고인의 모습에서 행복이 무엇인지 느낄 수 있을 정도였다고 합니다.

고인이 워낙 깔끔한 성격이어서 유품을 정리하는 일은 그리 어렵지 않았습니다. 그런데 고인의 유품을 정리하다 보니 몇 가지 서류와 함께 이력서가 발견되었습니다. 이력서에는 고인의 큰아들 이름이 쓰여 있었습니다. 그는 지방의 한 대학교에서 교수로 근무하다 퇴직했고, 같은 지방의 한 언론사에서 근무한 경력도 있었습니다. 개

인정보 유출로 인해 혹시 발생할지 모를 2차 피해를 방지
하기 위해 별도의 상자에 연락처와 각종 서류를 담았고,
파쇄를 하기 전에 유족이 한번 확인하는 게 좋을 것 같아
정리 과정에서 나온 귀금속과 악세서리와 함께 가지고
의뢰인이 알려준 주소로 방문했습니다.

　고인의 집에서 차로 10분 남짓 떨어진 거리의 한 집에
서 의뢰인을 다시 만날 수 있었습니다. 그녀는 아이를 안
고 있었고, 초로의 부부가 식탁에 앉아 저를 기다리고 있
었습니다. 마음씨 좋아 보이는 젊은 할머니는 한눈에 봐
도 고인이 이웃에게 그렇게 자랑을 많이 했다는 큰며느
리임을 단박에 알 수 있었습니다. 저는 현장을 정리하는
도중에 발견한 유품 중 유족이 다시 확인해야 할 것들이
담긴 작은 상자를 내밀었습니다. 저를 반기던 60대 후반
의 여성은 이 상자를 보자마자 눈물을 흘리기 시작했습
니다.

　"감사합니다. 어머니 유품을 제가 직접 정리하고 싶었
지만, 너무 슬퍼서 도저히 할 수가 없었어요."

　그녀가 애써 눈물을 참고 있어 저는 작은 목소리로 말
했습니다.

　"괜찮습니다. 마음껏 우십시오. 저도 같은 마음입니다."

　그녀가 눈물을 흘리자, 함께 있던 의뢰인이 아이를 유

모차에 내려놓고 손수건으로 그녀의 눈물을 닦아주었습니다. 눈물을 흘리던 여성은 마음을 가라앉히고 자신이 결혼 이후 곧바로 분가해 오랫동안 시부모님댁 바로 옆에서 살았다고 했습니다. 형식은 분가지만, 같은 아파트 같은 라인에 줄곧 함께 산 탓에 마치 대가족처럼 지냈다는군요. 10여 년 전 시아버지가 먼저 돌아가시자 아들 내외는 홀로 남은 시어머니께 합가를 제안했지만, 시어머니가 반대했고, 시어머니는 결국 차로 10분 거리에 있는 현재의 집으로 이사했다고 합니다. 같은 아파트에 살고 있을 땐 하루에도 몇 번씩 고인의 집과 자신의 집을 들락거렸는데 거리가 조금 떨어지자 며느리는 이전처럼 자주 왕래할 수 없어 계속 신경이 쓰였다고 합니다. 그런데 최근 자신과 남편의 몸이 좋지 않아 함께 병원을 다니느라 시어머니에게 잠시 소홀했고, 신경을 못 쓴 사이 시어머니의 건강이 급격히 악화되어 요양병원으로 모셨지만 석 달 만에 사망했다고 합니다. 며느리는 이야기를 하는 내내 울음을 멈추지 않았습니다. 시어머니와 함께 살고 싶었지만, 완강히 거부하는 시어머니 때문에 노인 혼자 생활하게 한 것을 후회하고 있었습니다.

저는 이야기를 다 들은 뒤 말했습니다.

"며느님은 할 만큼 하셨습니다. 고인께서 그 마음을 다

알고 있으시더군요. 세상에서 가장 착한 효부를 뒀다고 이웃분들의 칭찬이 자자하시더라고요. 고인 또한 며느님 자랑을 많이 하셨다고 합니다."

"제가 어머님을 이길 수 없었어요. 어머님 연세가 있으셔서 앞으로 어머님과 함께할 수 있는 시간이 얼마 남지 않았다는 걸 알고 있었지만 이렇게 빨리 현실로 다가와버렸군요. 친정엄마가 일찍 돌아가셔서 시어머니가 친정엄마였는데 정말이지 믿어지지 않아요."

그는 흐느껴 우느라 더이상 말을 이어가지 못했습니다. 진심이 느껴지는 이야기를 듣다 보니 저도 눈물을 참을 수가 없었습니다.

"제가 어머니 유품을 정리해야 하는데, 저 대신 잘 해주셔서 정말 감사드립니다."

"제가 최선을 다한다고 했는데 며느님을 만나 뵈니 며느님 마음의 절반에라도 미칠 수 있을까, 하는 생각이 듭니다. 혹시 제가 실수는 하지 않았을지…"

거실 건너편에서 묵묵히 지켜보던 남편은 휠체어를 밀고 나와 안경 너머로 눈물을 훔치며 떨리는 손으로 유품 정리가 끝났다는 확인서에 서명을 해주었습니다. 우리 계약서에는 또 한 방울의 눈물 자국이 번져버린 잉크와 함께 얼룩졌습니다.

'부모'라고 하면 가장 먼저 무엇이 떠오르시나요? 저는 '후회'라는 단어가 아닐까 생각합니다. 그도 그럴 것이 유품정리 현장에서 가장 많이 봐온 감정이 후회입니다. 평소 사이가 좋았던 사람은 좋았던 사람대로, 사이가 좋지 않았던 사람은 좋지 않았던 사람대로 후회의 눈물을 흘립니다. 어쩌면 유족이라는 단어에는 '후회를 품은 사람'이라는 뜻이 내포되어 있다는 생각이 듭니다.

언어가 많은 사람들의 경험에서 비롯된 소통의 도구라면 '후회後悔'라는 단어보다 더 정확하게 이 감정을 전달하는 말은 없을 것입니다. '회悔'라는 글자는 부수에 '마음[心]'이라는 뜻과 '어미[母]'라는 의미의 글자가 합해져 만들어진 글자입니다. 즉, 후회는 '뒤늦게 어미를 생각하는 마음으로 뉘우친다'라는 뜻을 담고 있습니다.

사람들은 살면서 후회를 많이 합니다. 그 가운데에서 특히 부모에 대한 후회가 가장 아프고 괴로운 건 누구나 마찬가지일 겁니다. 더 많이 사랑하지 못한 것에 대한 미안함과 함께 시간을 보내지 못했던 아쉬움. 잘 알지만 왜 모두 부모가 다시 돌아올 수 없을 때 깨닫게 될까요? 부모가 아직 젊다고 생각한 탓은 아닐까요?

부모가 몇 살까지 사시리라 생각하십니까? 혹시 지금은 백세시대이니 우리 부모도 당연히 1백 세까지 사실 거라 생각하지 않습니까? 모든 부모가 1백 세까지 함께 지 낸다면 더할 나위 없이 좋겠지만, 통계에 따르면 여성은 1백 명 가운데 다섯 명이, 남성은 1백 명 가운데 단 한 명이 1백 세까지 생존하는 것으로 조사되었습니다. 즉, 모든 사람이 1백 세까지 장수하는 것이 아니고, 대부분 평균연령 근처에서 사망합니다. 그 기준도 자신의 평균연령이 아니라 부모가 생존하는 나이 기준이라서 부모가 평균연령에 돌아가신다면 정말이지 몇 년 남지 않았을 수도 있습니다.

통계청 조사에 따르면, 한국인의 평균 기대수명은 83 세입니다. 그렇다면 이제 부모님과 함께할 수 있는 시간은 얼마나 남았나요? 아직도 기회가 많이 남았다고 생각하시나요? 그렇다면 이제 한발 더 나아가 다시 질문을 드리겠습니다. 만약 여러분이 부모님과 떨어져 살고 있다면 남은 인생에서 부모님과 만날 수 있는 횟수가 몇 번일지 생각해본 적이 있습니까? 여러분 가운데에는 설날과 추석 연휴에만 부모님을 만나 뵙는 사람도 있을 것입니다. 한 해 두 번씩이라고 하면 부모님이 앞으로 10년 더사신다 해도 겨우 스무 번 남짓 남았습니다. 이 횟수로 계산하면 부모님과 함께할 수 있는 시간은 한 달도 채 되지 않습니다.

유품을 정리하기 전 축문을 외우며 '고인께 하고 싶은 이야기'를 한마디씩 하는 시간을 갖습니다. 그럴 때마다 유족은 마음속 깊이 있던 미안한 마음을 눈물과 함께 쏟아냅니다. 특히 부모님이 돌아가신 경우 한결같이 '미안하다' '죄송하다'라는 사과의 말이 빠지지 않습니다. 이런 말을 들을 때마다 저는 유족의 마음이 고인에게 전달될 수 있도록 제가 특별한 능력이라도 가졌으면 좋겠다는 생각을 합니다. 하지만 저는 그저 겨우 유족들을 대신해 울지 않고 유품을 정리하고, 이런 후회를 하는 사람들이 많으니 조심하시라는 이야기밖에 해드릴 수 없습니다.

지금 부모님의 소중함을 알고 더 자주 만나지 않으면 반드시 후회할 날이 옵니다. 후회를 완전히 없앨 수 없겠지만, 조금이라도 후회를 줄일 수 있다면 '앞으로 부모님을 몇 번 더 만날 수 있을까?'라고 진지하게 생각해보시길 바랍니다.

죽음의 자리

"거기… 유품정리 하는 곳이죠? 우리 아기가 태어난 지 1백일 만에 그만 하늘나라로 떠났어요. 어제 겨우 장례는 치렀는데 아기 유품을 도저히 쳐다볼 수가 없어요…"

울먹이는 목소리로 전화가 걸려왔습니다.

"어이쿠 이런! 어쩌다가…"

"아기 유품을 어떻게 하면 좋을까요?"

"상심이 너무 크시겠습니다. 어머니! 지금 어떤 부분이 가장 힘드신가요? 제가 어떤 것을 도와드리면 될까요?"

한참 동안 흐느끼던 아기 엄마는 겨우 진정하고 이야기를 시작하더니 다시 울음을 터뜨렸습니다. 그는 아이가 태어나기 전부터 준비한 아기용품과 유모차, 유아용

침대 등 유품이 많은데 아기가 하늘나라로 떠나고 이 물건들을 어떻게 처리해야 할지 모르겠다고 했습니다. 그냥 버리자니 마음이 아파 도저히 버릴 수 없고, 비싼 값에 장만한 유모차와 아기침대는 중고시장에 내놓으면 당장 팔릴 것 같지만 차마 죽은 아기의 것이라는 사실을 숨기고 팔려니 사는 엄마에게 미안하다고 말했습니다.

수화기 너머로 칭얼대는 서너 살 아이의 울음소리와 달래는 아빠의 목소리가 들렸습니다.

"옆에 아이가 있으신가 본데 아이부터 좀 달래주세요."

"네. 우리 큰아이입니다. 큰애가 자꾸 칭얼대니 미칠 것만 같아요. 가뜩이나 힘들어 죽겠는데…"

저는 울고 있는 아기 엄마에게 이렇게 말했습니다.

"아기를 하늘나라로 보냈으니 얼마나 마음이 아프시겠어요? 저도 마음이 아픕니다. 그 심정 충분히 이해합니다. 그런데 큰아이와 아이 아빠 마음은 어떻겠습니까? 큰애가 아무것도 모를 것 같지만 그 아이도 동생이 없어진 걸 알고 있을 겁니다. 게다가 아이 아빠도 힘들 텐데 아무 말도 하지 않고 참으며 아기를 하늘나라로 보낸 엄마를 위로하고 있는 겁니다. 아빠가 무너지면 더 힘들어지니까요. 마음이 아프시겠지만, 일단 아기 유품을 한곳에 모아두시는 건 어떻겠습니까?"

한참 울던 아기 엄마는 제 말을 듣고 다행히 울음을 그쳤습니다. 저는 말을 이어 나갔습니다.

"지금은 아기 유품을 그대로 싸서 간직했다가 마음을 조금 추스른 뒤에 아기가 다시 생기면 그때 사용하면 어떨까요?"

다음 날 아기 엄마는 몇 장의 사진과 함께 다시 연락을 해왔습니다. 용기를 내 아이 방으로 유품을 다 모았고, 이 과정에서 아이 아빠와 많은 이야기를 나누었다고 했습니다. 그리고 아기 유품은 당분간 그대로 두기로 결정했다는 소식도 전해왔습니다.

어린 아기를 하늘나라로 떠나보냈으니 그 심정이 오죽했을까요? 뭐라도 도와주고 싶지만, 제가 도와줄 수 있는 건 그저 제 경험을 나누는 것뿐입니다. 그나마 사별로 아픔을 겪고 있는 사람들에게 제 경험이 위로가 될 수 있어 다행이라는 생각이 듭니다.

한편으로는 이런 생각도 들었습니다. 태어난 지 1백 일 된 아이도 이처럼 많은 양의 유품을 남기고, 아이가 떠난 뒤 부모는 감당할 수 없을 만큼 깊은 슬픔을 겪는데, 몇십 년을 함께한 부모를 떠나보낸 슬픔은 얼마나 깊을까? 시작이 있으면 끝이 있는 것처럼 만남이 있으면 헤어짐도 있습니다. 임신과 출산으로 부모와 자식이 만났으니, 임종으로 부모와 이별하는 순간도 찾아옵니다. 그렇다면 홀로 남은 자녀는 하늘나라로 먼저 떠난 부모를 위해 어떤 준비를 해야 할까요?

세월이 흐르고 나이가 들면, 부모는 누군가 돌봐주지 않으면 안 되는 덩치 큰 아기가 됩니다. 치매나 뇌질환으로 인지기능이 떨어지고, 배뇨를 스스로 해결할 수 없어 항상 보호자가 필요한 경우도 있습니다. 그동안 부모가 어린 자녀를 보살펴온 것처럼 이제는 자녀가 부모를 돌봐야 할 때가 찾아옵니다. 부모와 자식이 역할만 서로 바뀌었을 뿐 똑같은 상황을 만나게 됩니다. 누군가는 똥오줌을 치워야 하고, 혹시 사고가 일어날지 몰라 잠시도 시선을 뗄 수 없습니다.

자녀들은 부모가 혼자 몸을 가눌 수 없으면 곧바로 요양병원을 찾습니다. 요양원도 있지만 재원만 다를 뿐 비슷한 시설입니다. 자녀들이 선택한 요양병원의 기준은 대부분 깨끗한 시설과 식사입니다. 욕창 방지와 소변줄, 간병인에 관한 정보도 중요사항이지만, 요양병원 선택에 가장 중요한 조건은 자녀가 방문하기 편리한 위치입니다. 자녀가 가까이에서 자주 찾아 뵙고 병상을 살피는 일이 부모님을 요양병원으로 모실 때 가장 중요한 일입니다.

그렇다면 요양병원에 입원한 환자의 임종이 임박하게 되면 어떤 과정을 거치게 될까요? 환자의 상태가 심하지 않으면 일반 병실에서 치료를 받지만, 점점 상태가 나빠지면 중환자실로 옮겨 치료를 받습니다. 일반 병실은 면회 제한이 없지만 중환자실로 옮기는 순간부터 면회는 제한됩니다. 게다가 중환자실에는 의식을 잃고 생과 사의 갈림길에 있는 환자도 있어 의료진 모두 초긴장 상태입니다. 이런 상황에서 보호자들도 어떤 선택을 해야 할지 항상 고민입니다.

저는 외할머니와 가깝게 지냈습니다. 그래서 외할머니의 임종 전후의 일들을 모두 지켜볼 수 있었습니다. 병원에 입원해 계시던 외할머니는 어느 날 복부 통증을 호소했습니다. 배를 만져보니 나무판자처럼 딱딱해 몇 가지 검사 뒤 곧바로 중환자실로 옮겼습니다. 평소 피부가 좋지 않아 독한 피부약을 많이 복용한 탓인지 대장에 천공이 발생했습니다. 수술을 해야 하는 급박한 상황이었지만, 의사는 할머니께서 연세가 많아 마취에서 깨어나기 어려우니 수술을 할 수 없다고 했습니다. 가족들은 어떻게 할 도리가 없으니 의사의 처방에 따르기로 했습니다.

중환자실에서 외할머니는 금식을 해야 했습니다. 수술이 불가능한 상황에서 입으로 음식물이 들어가면 구멍 난 대장으로 흘러나오니 음식물을 섭취하면 안 된다고 했습니다. 담당 의사는 먹어서 고통스러운 것보다 돌아가실 때까지 금식으로 고통을 경감시키는 편이 낫다고 말했습니다. 이러지도 못 하고 저러지도 못 하고 어떻게 해야 좋을지 난감한 상황이었습니다.

중환자실에 있는 환자에게는 한 번에 30분씩 하루 두 차례 면회 시간이 주어졌습니다. 면회 인원수도 제한이 있어 가족들은 돌아가면서 외할머니를 만날 수 있었습니다. 드디어 제 차례가 왔습니다. 저는 감염 예방용 면회복으로 갈아입고 중환자실로 들어갔습니다. 입구에 들어서자 바로 외할머니가 보였는데 마침 외할머니는 간호사와 실랑이를 벌이고 있었습니다.

"할머니 내놓으세요. 큰일나요."

"뭘 내놓으란 거야. 아무것도 없어!"

등 뒤로 감춘 외할머니의 손에는 바나나 한 개가 들려 있었습니다. 외할머니는 옆 병상에 있던 바나나를 발견한 뒤 재빨리 가져와 감췄고, 그것을 간호사에게 뺏기지 않으려고 필사적으로 저항하고 있었습니다. 외할머니는 면회를 하러 온 저를 보자마자 "집에 가자! 여기 있다간 배가 고파 죽겠다! 어제도 저쪽에 있던 사람이 죽어나갔는데 무서워 죽을 뻔했다." 하셨습니다.

외할머니가 가리킨 손가락을 따라 시선을 돌려보니 그곳에 많은 환자들이 산소호흡기를 한 채 쓸쓸하게 죽음과 사투를 벌이고 있었습니다. 면회시간 내내 외할머니는 제 손을 꽉 붙잡고 놓지 않았습니다. 이윽고 짧은 면회시간이 끝났고, 외할머니와 강제로 이별하게 되었습니다. 저는 중환자실을 나오자마자 곧바로 가족들과 상의하여, 임종을 집에서 맞으실 수 있도록 외할머니를 병원에서 퇴원시켰습니다. 외할머니는 결국 집에서 돌아가셨습니다.

전국을 순회하며 고독사 예방 강연을 하곤 합니다. 강연을 요청한 곳 가운데에는 노인복지관도 있어 연세가 많은 어르신들과 이야기를 나눌 기회가 많습니다. 어르신들의 이야기를 듣다 보면 한결같이 "요양병원에는 안 가고 죽어야 할 텐데…"라는 바람이 있습니다. 그런데 노인들의 이런 바람과 달리, 부모가 더이상 자력으로 생활할 수 없어 보호자가 필요하면 자녀들이 요양병원을 선택하는 것이 일반적인 일이 되었습니다. 장기요양보험이나 의료보험의 혜택도 있어 요양원이나 요양병원은 이제 손쉬운 선택 코스가 되었습니다. 고령의 부모님이 살아계신다면 부모님이 스스로 혼자서 생활할 수 없을 때 어디에서 생활할지 미리 준비하는 것도 중요한 일입니다.

또 부모님과 마지막 이별을 어디서 할지를 선택하는 것도 자녀들이 미리 고민해야 할 일입니다.

제가 어렸을 때만 하더라도 집 밖에서 죽으면 '귀신이 구천을 떠돈다'는 미신이 있었습니다. 이런 속설 때문인지 병원에서는 회복이 불가능한 환자들을 집으로 돌려보냈습니다. 그런데 어느 때부터인가 병원 뒤쪽에 장례식장이 생겼고, 노인들은 생애 마지막을 요양병원에서 보내며 집으로 돌아오지 못하는 신세가 되었습니다. 이런 실정이니 노인들이 요양병원에 들어가는 길을 '죽으러 가는 길'로 여겨 죽기보다 싫어하는 것은 어쩌면 당연한 일입니다. 그럼에도 전체 사망자 세 명 중 한 명은 노인요양시설에서 사망합니다. 만약 미신이 맞다면, 집에서 임종하지 못한 원귀가 한 해 10만 명씩 구천을 떠돌고 있지 않을까요?

자식으로 산다는 것

이 직업의 매력은 많은 사람을 돕고 보람이 크다는 것이지만, 죽음 전후로 벌어지는 다양한 사람들의 생활을 보면서 인생의 지혜를 배울 수 있는 점도 유품정리사라는 직업의 매력이라고 할 수 있습니다. 특히 몸이 불편한 노인과 함께 생활하던 자녀가 부모의 요양 보호와 임종을 준비하기 위해 집의 인테리어와 가구를 기능 위주로 바꾼 것을 볼 때면 저절로 고개가 숙여집니다.

젊은 사람들은 쉽게 이해할 수 없겠지만, 나이가 들면 기력이 떨어져 신체 기능이 많이 쇠퇴합니다. 근력이 없어 자주 넘어지고, 뼈가 부러지기도 쉽습니다. 무릎 관절이 아파 다리를 올리기도 힘들고 보폭도 좁아져 평소 아무 불편을 느끼지 않던 계단 오르내리기도 큰 부담이 됩니다. 그런데 이런 신체 기능의 저하와 반대로 배변 횟수는 늘어 매번 화장실에 가는 것도 곤란한 일일 수밖에 없습니다. 이 때문에 보호자가 곁에서 부축해주거나 화장실 내에 난간을 설치해야만 스스로 용변을 해결할 수 있습니다.

노인이 거주하는 집은 고령자가 스스로 독립생활을 할 수 있도록 노인의 움직임을 고려한 보조장치를 달아야만 쾌적한 공간을 만들 수 있습니다. 바닥을 미끄럽지 않게 하고, 휠체어 바퀴가 잘 굴러갈 수 있도록 문턱을 없애거나 단차를 줄여 노인이 일상에서 조금 더 건강하게 움직일 수 있도록 하는 것이 중요합니다.

유품정리를 의뢰받아 노인이 생활했던 현장을 방문하면 제 시선을 가장 먼저 끄는 것이 있습니다. 바로 침대입니다. 젊은 사람들의 침대는 얼마나 푹신하고 스프링이 좋으냐가 선택의 기준이지만, 우리나라 노인들은 그 기준이 다릅니다. 노인들 사이에서 돌침대나 흙침대가 유행했고, 돌소파와 안마의자까지 개발되어 노인들이 사는 가정에 가면 꼭 하나씩 있습니다. 그런데 중고 침대를 선호하는 사람이 없다 보니 집집마다 새로 들여놓은 돌침대는 침대 주인의 사망과 더불어 필수 폐기물이 되고 맙니다. 돌침대는 가격이 비싼 만큼 크기도 크고 무게도 무거워서 없애려면 다시 고가의 비용을 지불해야 합니다.

돌침대가 있는 집에서 휠체어나 노인 보조보행기를 발견하면 이런 생각이 듭니다. '아! 이 딱딱한 바닥이 얼마나 불편하셨을까?' 노인들이 불편함을 잘 표현하지 못하는 것을 생각하다 생활이 불편했을 침대의 주인이 이미 사라지고 없음에 마음이 시려옵니다.

또 다른 현장에서는 종종 집에서 요양하던 노인들의 흔적을 발견할 수 있습니다. 방 안에는 리모컨으로 제어가 가능한 환자용 침대가 있고, 침대에서 화장실까지 보행이 용이하도록 붙잡을 수 있는 손잡이를 만들어 놓기도 하였습니다. 또 휠체어가 지나다니기 편하게 문턱을 없애고 행거도어 형 미닫이문으로 바꿔 단 집도 있습니다. 아예 화장실을 개조해 환자용 욕조를 설치한 곳을 볼 때면 같은 고민을 하는 사람들이 많을 텐데 이런 노하우를 나누고 싶다는 생각까지 들 정도입니다.

가족 중에 누군가 아프면 큰 걱정거리입니다. 그런데 자녀가 아플 때와 부모가 아플 때 마음에는 차이가 있습니다. 부모는 자식이 아무리 아파도 절대 포기하지 않습니다. 간병 생활이 아무리 힘들어도 자식의 치료를 위해 이

겨냅니다. 하지만 부모가 아픈 경우에는 생각이 달라집니다. 시간이 지남에 따라 의지가 약해지고 자꾸 이런저런 핑계를 대려 합니다. 오죽하면 '긴 병에 효자 없다'는 속담까지 있을 지경입니다. 부모의 병은 좀처럼 낫지 않고 상태가 점점 악화됩니다. 현대의학이 아무리 발달해도 결코 고칠 수 없는 불치병이 노환입니다. 눈에 드러나지 않지만 환자는 너무나 큰 불편을 겪고 있습니다. 처음에는 정성을 다해 부모를 모시지만 반복되는 병간호로 자녀들의 몸과 마음도 지쳐갑니다. 병원에 입원이라도 하면 병실 바닥에 있는 보조침대에서 쪽잠을 자는 등 불편한 잠자리로 보호자는 더욱 지칩니다.

부모라고 마음이 편한 것은 아닙니다. 자식이 애써 간병해주는 것을 보면 부모는 마음이 몹시 아픕니다. 부모는 행여 자녀들이 핑계를 대고 오지 않더라도 서운함보다는 자신이 아파서 고생하는 자녀에게 미안한 마음을 가지고, 종종 극단적인 선택을 하시는 분도 있습니다. 부모는 자식이 자신 때문에 힘들어하는 걸 더 이상 볼 수가 없어 내린 결정이지만, 부모의 이런 잘못된 선택은 남은 자녀들에게 더 큰 상처를 안깁니다.

자녀들 가운데에는 부모가 자신을 보호해준 기억은 잊어버린 채 이 상황을 원망하는 경우도 있습니다. 아픈 노인을 돌본다는 건 무척 힘든 일이지만 자신이 아기일 때 부모가 한 것을 생각해보면 힘든 일이라고만 여기는 게 옳은 일일까 싶습니다.

부모를 어디에 모실지 결정했다면 이제 누가 요양 보호를 할 것인지 지혜를 모아야 합니다. 이 일은 마감처럼 반드시 다가오는 일로 피한다고 피할 수 있는 일이 아닙니다.

한 사람의 인생에는 다양한 역할이 주어집니다. 배우자, 부모, 자식으로서 역할 등 상황에 따라 각자 맡은 역할이 달라집니다. 다양한 역할 가운데 부모의 역할이 가장 힘이 듭니다. 부모 되기란 그렇게 쉬운 일이 아닙니다. 제대로 된 자식 되기도 마찬가지입니다. 육아를 해본 적 없는 초보 엄마에게 필수 코스가 되어버린 임신육아교실은 서툰 엄마들이 바른 부모가 되는 것을 돕기 위해 개설된 과정입니다. 출산을 앞둔 예비 엄마부터 이미 출산을 한 엄마까지, 엄마들은 이 과정에 참여해 출산과 아이 키우는 법을 배웁니다.

초보 자녀들도 부모를 위해 요양 보호를 배워둘 필요가 있습니다. 최근에는 부모를 돌보기 위해 많은 자녀들이 이 과정에 참여하고 있습니다. 직업으로 활용하기 위해 자격증 과정을 이수하는 것이 아니라 노인을 돌보는 과정에 필요한 기본 지식을 습득하는 것이 제대로 된 자녀가 되기 위해 반드시 필요한 공부라고 생각합니다.

가족을 대신해 누군가에게 부모의 보호를 맡기려면 그 사람이 믿을 수 있는 사람인지 구별하는 것이 가장 어려운 숙제입니다. 미용실에서 자신의 머리 스타일을 부탁하는 것처럼 눈에 보이는 서비스라면 사진을 보여주며 같은 스타일로 해달라고 요구할 수도 있지만, 노인 요양보호처럼 눈으로 확인할 수 없는 서비스라면 서로 신뢰할 수 있는 관계 형성이 우선 고려의 대상입니다. 하지만 이런 부분을 평가하기란 좀처럼 쉬운 일이 아닙니다.

저는 여성가족부의 지원을 받은 한 요양보호사 교육기관의 요청으로 유품정리 수업 과정을 개설한 적이 있습니다. 요양보호사의 역량 강화 과정으로 진행된 이 수업에는 면접을 통해 3대 1의 경쟁률을 뚫고 온 요양보호사 스무 명이 참석했습니다. 유품정리 과정에는 노인이 사망하기 전에 무엇을 어떻게 준비해야 하는지 체계적으로 준비하는 생전정리 파트도 있어 요양보호사들이 물리적인 요양뿐만 아니라 노인의 정신적인 케어도 함께할 수 있도록 교육이 이루어집니다. 정부의 지원으로 무료로 이루어진 과정이라 짧은 교육기간에 아쉬움이 남지만, 교육을 종료한 이후에도 온라인을 통해 꾸준히 보강 교육을 실시하고 있습니다.

제 아버지는 평소 즐겨 입으시던 잠옷을 입고 임종하셨습니다. 다 헤진 잠옷을 벗겨 수의로 갈아 입히는데 가슴이 너무 아팠습니다. 그동안 저는 왜 아버지 옷 한 벌 제대로 해드리지 못했을까요? 후회가 막심했습니다. 진작 마음을 살폈더라면 아버지 잠옷을 사 드렸을 텐데, 유품정리 일을 하고서야 비로소 아버지의 헌 잠옷이 눈에 들어왔습니다. 이미 늦어버렸는데 말입니다.

장례산업의 현실

부모님이 돌아가시면 장례라는 큰일을 치러야 합니다. 장례는 죽은 사람을 자연으로 보내기 위해 시신을 다루는 '장사葬事'와 산 사람이 사별로 인한 슬픔에서 일상으로 돌아오는 과정을 담은 '상례喪禮'를 합한 '상장례喪葬禮'의 의미를 담고 있습니다. 인생에 있어서 매주 중요한 의식인 관혼상제冠婚喪祭 가운데 상장례는 다른 의식과 달리 두 개의 절차를 한꺼번에 진행합니다. 또한 상중喪中에는 제례祭禮의 절차도 있어 상례와 제례를 따로 떼어놓고 생각할 수도 없습니다. 죽은 사람을 위한 '장사'와 산 사람을 위한 '상례'가 각각 진행되면 좋겠지만 이 둘을 결코 떼어놓을 수 없으니 하나의 의식으로 합쳐 진행하는 탓에 어느 부분에 치중하느냐에 따라 용어나 절차에서 혼란이 있을 수밖에 없습니다.

오늘날 우리가 이 의식을 상장례라 하지 않고 '장례'라고 칭하는 것을 보면, 현대 사회에서 장례는 사별로 겪는 산 사람의 슬픔 치유보다 죽은 사람을 위한 장사 의식에 더 치중하고 있다는 느낌이 강합니다.

옛날의 상례는 크게 나누어, 첫째날 사람의 죽음을 맞는 데서부터 죽음을 알리는 부고訃告를 보내는 데까지의 절차인 초종初終을 시작으로, 습襲, 소렴, 대렴, 성복(成服, 상례에서 대렴을 한 다음 날 상제들이 복제에 따라 상복을 입는 절차) 발인(發靷, 돌아가신 분이 빈소를 떠나 장지로 향하는 절차)을 거쳐 묘지를 골라 죽은 이를 매장하는 데까지의 절차인 치장治葬에 이르는 절차와, 상중제례喪中祭禮에 해당하는 우제(虞祭, 장례를 마친 뒤의 제사) 졸곡(卒哭, 삼우제를 지낸 뒤에 곡을 끝낸다는 뜻으로 지내는 제사), 부제(祔祭, 신주를 태묘에 모실 때 지내는 제사)를 지낸 뒤 죽은 날로부터 1년 만에 지내는 소상小祥, 2년 만에 상복을 벗고 소복素服을 입는 대상大祥, 대상을 지낸 다음다음 달에 날을 골라 소복을 벗고 평상복을 입는 제사를 지내는 담제禫祭, 담제를 지낸 다음 날 사당의 신주를 고쳐 쓰는 제사인 길제吉祭까지, 그 절차만 해도 긴 여정이었습니다.

그런데 장례에서 이처럼 까다로운 절차보다 주목해야
하는 건 이 의식을 치르는 이유입니다. 옛날에는 죽은 이
와 8촌 이내에 드는 근친은 가깝고 먼 친소에 따라 죽음
을 슬퍼하고 근신하는 뜻으로 상복을 지어 입고, 각기 정
해진 기간 동안 복상服喪을 했습니다. 그렇다면 옛날 사
람들은 왜 죽은 이와 관계된 사람들 모두 상복을 입었을
까요? 상복은 일종의 단체복으로, 죽은 자의 집안사람들
이 이 정도로 많다는 것을 외부에 알리려는 의도도 있었
지만, 내부적으로 가족과 일가친척의 단합을 위한 것이
었다고 봅니다. 상복은 일종의 죄수복입니다. 부모를 떠
나보낸 자식이 살아생전 다하지 못한 후회를 참회하며
지내라는 뜻으로, 일종의 숙려기간인 일정 기간 동안 상
복을 입고 지냅니다. 그런 다음 다시 평상복으로 갈아입
고 일상으로 돌아오는데, 이는 더 이상 후회하지 말고 잘
지내라는 면죄부의 의미로, 옛사람들의 속깊은 지혜가
엿보이는 대목입니다.

　그렇다면 오늘날의 장례식은 어떨까요? 부모님의 임
종은 예측할 수 없이 갑자기 찾아옵니다. 게다가 장례는
삶과 죽음이 교차하며 이별로 인한 슬픔이라고 하는 특
별한 감정 속에서 치러지는 만큼 '이 일을 어떻게 치를
까?'는 죽은 사람이나 산 사람 모두에게 매우 중요한 의

미입니다.

그럼에도 최근에는 고인이 누구인지도 모르면서 사회적 관계 때문에 조문을 오는 경우가 너무 많습니다. 상주도 이런 조문객을 상대하느라 고인을 제대로 애도할 시간을 가질 수 없습니다. 오늘날 우리의 장례 문화에는 상례에서 중요한 의미가 있는 치유와 회복의 시간은 사라지고, 단 3일 만에 모든 의식을 끝내버리고 있습니다. 그런 탓에 정작 고인과 유족의 관계보다 유족과 문상객의 관계 중심으로 진행됩니다.

여기에는 인맥 관리 차원에서 문상객의 수와 장례식장 화환의 개수가 마치 상주의 사회적 활동을 평가하는 척도가 되었다는 의미도 있습니다. 부모님 장례식장에 얼마나 많은 사람이 찾아왔는가에 따라 자신의 사회적 지위와 체면이 선다고 생각한 탓인지 평소에는 모임에 참석을 잘 하지도 않다가 부모님의 임종이 임박해서야 동창회나 각종 단체에 참가해 인간관계를 형성하는 사람도 있습니다.

한편 부고 소식을 접할 때마다 부조금을 얼마나 내야 할지 고민도 하게 됩니다. 이는 장례를 통해 '얼마나 슬픔을 애도하고 추모하는가?'의 문제보다 장례가 사람들 간의 관계를 형성하는 수단으로 전락한 현실을 보여줍니다.

오늘날의 장례식이 어쩌면 자신의 SNS에 올리는 사진처럼 다른 사람에게 보여지는 데에만 초점이 맞춰진 건 아닌지 생각해봅니다. 상주들은 대부분 장례를 처음 치르다 보니 무엇을 준비하고, 왜 해야 하는지 모른 채 누군가 알려주는 대로 텔레비전 브라운관의 크기를 고르듯 선택합니다. 특히 상조상품에는 기본패키지 상품 외에 많은 추가 옵션이 있어 부모님을 떠나보낸 죄스러운 사람들의 마음을 자극합니다. 평소 잘해주지 못했다는 미안한 마음을 이용해 "이번 기회에 좋은 데 가시라는 뜻으로 좋은 것 해주세요"라든지 "마지막으로 효도 한번 하세요"라는 말에 현혹되어 더 좋은 것, 더 큰 것을 선택하는 경우가 많습니다.

꽃 제단은 금액에 따라 더 크고 화려하고, 리무진 운구차는 더 비싼 차량으로 장례의 질을 평가합니다. 수의나 관과 같은 장례용품도 마찬가지입니다. 기본 패키지 상품 외에 추가 옵션으로 더 비싼 용품이 기다리고 있습니다. 상품의 가격이나 질을 판단하는 데 장례업과 거리가 먼 비전문가들은 어려움이 있습니다. 납골당이나 자연장, 49재까지 일사천리로 정해지는 코스는 방문해보지도 못하고 급히 결정하고, 어떤 장단점이 있는지 비교할 수 있는 정보조차 없어 장례지도사의 제안에 따라 결정하고 맙니다.

　장례업계를 잘 모르던 시절, 한 친구가 부친이 돌아가셨다는 연락을 해왔습니다. 그래서 저는 장례 의전업체를 소개해주었습니다. 학창시절 명절날이면 어김없이 친구 아버지에게 찾아가 세배를 드리며 인사를 해오던 사이라서 이왕 장례지도사 자격증을 땄으니 제 손으로 직접 염습을 해드리고 싶었습니다. 이 때문에 교육원에서 실습을 담당한 선생님이 운영하는 장례 의전업체에 부탁해 도움을 받아 장례를 치를 수 있었습니다. 무사히 장례는 끝났고 선생님 덕분에 정성을 다해 친구 아버지의 염습을 해드릴 수 있어 제 마음도 좋았습니다. 그런데 장례가 끝난 뒤 그 친구가 저에게 "이번에 소개해준 업체에 체면은 섰어?"라고 물었습니다. 아마 친구는 제가 의전업체에 제 체면치레를 하기 위해 장례용품과 추가 옵션을 더 좋은 것과 더 비싼 것으로 선택했다고 생각한 모양이었습니다.

부모의 장례를 위해 무엇을 준비해야 할까요? 장례는 먼저 상조회사의 선택에서 시작합니다. 어떤 상조회사를 결정하는가에 따라 장례의 형식과 방법은 크게 달라집니다. 하지만 상장례라는 긴 여정의 관점에서 보면 각 상조회사마다 차이는 크게 나지 않습니다. 파견된 장례인력의 복장과 관과 수의 등 장례용품에 조금씩 차이가 있을 뿐이며, 어떤 장례식장을 선택했느냐에 따라 음식의 질이 결정될 뿐입니다. 이것은 흔히 여러분들이 '장의사'라고 알고 있는 장례 의전업체가, 이 업체에 장례용품을 공급하며 장례용역을 주는 상조회사와 맺은 계약구조를 보면 잘 알 수 있습니다. 장례는 서비스업입니다. 서비스는 각 회사마다 고유한 영역이며 그 속에는 회사마다 고객을 위한 철학이 담겨 있습니다. 특히 최고의 인문적 행위인 장례에서 서비스의 질은 곧 고인의 명예를 지키고 유족의 슬픈 마음을 치유하는 고도의 가치 행위입니다.

그럼에도 지금까지의 장례는 장례식을 처음부터 끝까지 주관하는 장례지도사의 방침에 따라 진행되는 것이 아니라 장례지도사의 소속과는 거리가 먼 상조회사나 장례식장의 방침에 따라 결정되었습니다. 조금 더 쉽게 설명하면 상조회사는 영업만 담당하고 실제 장례는 장례지도사가 소속된 장례 의전업체에서 주관해 모든 행사가 치러지는데도, 상조회사는 대부분 영업비를 떼고 의전업체에 장례용품만 공급한 뒤 고객 만족도 평가로 의전업체를 압박합니다. 의전업체와 장례지도사도 완전 고용관계가 아니라 프리랜서처럼 하도급 계약으로 근무합니다. 결국 모든 책임은 장례지도사에게 전가되는 모양새입니다.

그렇다면 상조회사는 이들 장례 의전업체에 장례용품을 싼값에 공급할까요? 결론은 그렇지 않습니다. 상조회사는 경쟁이 치열합니다. 고객이 매달 납부하는 선수금을 확보하기 위해 유명한 연예인을 내세워 더 많은 광고비를 지급해야 자신의 회사로 고객을 유치할 수 있습니다. 이 때문에 최근에는 크루즈 상품과 안마의자, TV처럼 장례와 상관없는 사은품으로 고객 유치경쟁을 벌이기도 합니다. 또 과도한 수수료를 떼는 홈쇼핑에서 고객을 모집한 탓에 상조회사는 원가를 줄이지 않으면 안 됩니다. 이 때문에 마케팅에 들어간 비용을 하청업체인 장례 의전업체에 떠넘깁니다. 중국에서 더 싼 용품을 수입해 비싼 값에 하청업체인 장례 의전업체에 팔 수밖에 없고, 나아가 더 싼 인건비에 더 많은 장례인력의 투입을 요구하는 바람에 장례 의전업체는 중간에 끼여 거의 수익이 없이 의전행사를 치르는 경우도 있습니다. 장례지도사가 모인 장례 의전업체는 고정으로 발생하는 비용과 더 많은 일을 따기 위해 울며 겨자 먹기로 불완전한 장례 산업 구조의 희생양이 되고 맙니다. 경쟁이 점점 치열해져 장례지도사들은 낮은 보수와 열악한 처우에도 더 많은 일을 따기 위해 어쩔 수 없이 상조회사 거래처를 늘여야 합니다. 한 장례 의전업체가 여러 상조회사의 일을 받아서

하는 경우도 많은 지경입니다.

그렇다면 불황을 겪고 있는 장례지도사들의 처우는 개선되었을까요? 안타깝지만 현실은 그렇지 못합니다. 장례업계가 돈이 된다고 생각한 탓일까요? 젊은 청년들이 아무 정보도 없이 이 업계로 들어옵니다. 우후죽순 생긴 상조회사에 저임금으로 입사해 상조 계좌를 하나라도 더 뽑기 위해 3일간 장례식장에 투입되어 장례식 내내 상주들에게 영업을 하는 장례복지사들도 있습니다.

여기에 그치지 않습니다. 장례식장에 가보면 국그릇, 밥그릇 등 일회용 장례용품에 찍힌 대기업 로고가 여러 개인 경우가 있습니다. 마치 상주들이 다니는 회사가 경쟁하듯 장례용품을 보냅니다. 직장을 다니는 사람은 자신뿐만 아니라 시댁이나 장인, 장모의 장례에도 사용할 수 있는 상조에 자신도 모르게 가입되어 있습니다. 맞벌이 3형제인 경우 한 가족이 대여섯 개의 상조에 가입된 경우도 있습니다. 복지 차원에서 가입된 상조는 중복해서 사용할 수 있습니다.

국그릇, 밥그릇 등 장례용품을 담당하던 회사가 갑자기 상조회사로 변신해 장례를 치르기도 합니다. 최근에는 보험회사의 대리점 영업조직이 상조시장에 진출했고, 용기를 제조하는 프라콘 회사도 같은 방식으로 상조시장으로 진출해 장례를 담당하고 있으니 장례시장은 뜨거운 경쟁의 장이 되었습니다.

이제 상조를 가입해 부모님의 장례를 준비하는 것보다 장례도 컨설팅을 해야 하는 시대가 되었습니다. 얼굴도 모르는 장례지도사가 무작위로 파견되는 것이 아니라 실제 장례식장에서 어떻게 진행되는지 시뮬레이션으로 보여주며 여러 장례식장을 비교하여 장단점을 알려줄 수 있는 장례지도사가 필요한 시점입니다. 그러기 위해서는 부모의 장례를 담당할 장례지도사가 누구인지 미리 결정하고, 자신의 사정에 맞게 위기 대응을 할 수 있는 시스템을 갖춘 회사를 선택해 미리 준비하는 장례 방식으로 점차 나아가야겠습니다.

수의와 장례 컨설턴트

장례를 치른 사람들을 만나 이야기를 나눠보면 대부분
"장례에 대해 미리 알았으면 좋았을걸. 그때는 너무 몰랐
고 경황도 없었어!"라고 후회를 합니다. 실제 장례식이
치러지는 현장에서는 한꺼번에 다양한 일들이 일어나곤
합니다. 그래서 부모의 장례를 자신에게 알맞은 규모로
치르고 싶다면 미리미리 준비하는 것이 최선의 방법입니
다. 상조를 미리 가입해놓았지만, 살아 계신 부모의 장례
를 미리 준비하는 일은 왠지 모르게 꺼림칙한 마음이 들
긴 합니다. 따라서 아무 준비 없이 임종을 맞으면 무엇을
어떻게 해야 할지 몰라 난처하기 십상입니다. 어떻게 하
면 후회 없이 장례식을 치를 수 있을까요?

'윤달에 부모님의 수의를 미리 장만하면 오래 산다'는 속설이 있습니다. 근거가 어디에 있는지 모르지만, 부모님을 생각해 장만하는 거라면 연락조차 안 하는 사람보다 바람직하다고 하겠습니다. 그렇다면 윤달의 수의는 어떻게 선택해야 할까요?

조선시대에는 평상시 입던 옷이나, 생시의 예복에 해당하는 옷을 수의로 사용하였습니다. 따라서 당시 유행하는 옷을 사용하였기에 시기별로 옷의 종류가 달랐습니다. 18세기 후반까지만 하더라도 평상복을 수의로 사용했으니 여전히 비단으로 만들어졌던 것이 일제강점기에 들어서면서부터 삼베 수의가 널리 사용되었습니다. 수의를 구성하는 옷의 종류와 소재도 시대에 따라 변하였습니다. 조선시대만 하더라도 평상복이 한복이었으니 수의도 한복이었겠지만, 지금은 평상복으로 한복을 입는 사람이 없음에도 불구하고 수의는 삼베로 만든 한복의 형태를 고집하고 있습니다.

그렇다면 부모님을 위해 어떤 수의를 준비하면 좋을까요? 선물을 주는 입장이 아니라 받는 입장에서 생각해보면 힌트가 되지 않을까 싶습니다. 만약 우리 아이가 저를 위해 봉황을 금으로 수놓은 수의를 사온다 하더라도 저는 별로 기쁘지 않을 것 같습니다. 수의를 지니고 있으면 장수를 한다고 하지만, 그 옷은 살아 있을 때 단 한 번도 입지 못하고 눈으로만 입을 수 있는 장식품에 지나지 않습니다. 이왕 부모님을 위해 마지막으로 옷을 선물하겠다고 마음을 먹었다면 부모님이 어떤 옷을 받고 기뻐하실지 한번 생각해보는 건 어떨까요?

얼마 전까지만 해도 자녀가 취직해 첫 월급을 타면 부모님께 빨간 내복을 선물했습니다. 난방이 제대로 되지 않던 시절 내복은 최고의 효도 선물이었습니다. 무더운 여름 아버지는 셔츠 속에 늘 새하얀 메리야스를 입었습니다. 어느새 세월이 흘러 부모는 노인이 되었고, 자녀들 또한 자신의 아이에게 내의를 선물로 받고 있습니다.

배냇저고리와 출산용품을 준비하며 아이와 처음 만나는 설렘을 느꼈다면, 부모님의 마지막 옷을 준비하며 이별을 준비하는 것은 당연한 순서입니다. 이왕 마지막 옷이라면 살아서 마지막으로 입을 수 있는 옷이면 좋겠습니다. 특히 그 옷이 임종 시 입을 수 있고 욕창을 방지할 수 있는 부드러운 소재라면 더할 나위 없이 기쁠 것 같습니다.

사실 병원에서 임종한 분들은 대부분 병원 환자복을 입고 영안실로 내려옵니다. 병원 침대시트 커버로 싸여 영안실로 옮겨진 고인은 안치실에서 수의로 갈아입을 때까지 환자 복장으로 대기합니다. 안치실에서 그 모습을 보고 있으면, 아무리 자기 것 하나 없이 빌려 사는 인생이라 하더라도 죽을 때 옷 한 벌조차 없어 너무 서글픈 생각이 듭니다.

어차피 수의로 새 옷을 갈아입혀도 겨우 하루 만에 불태워지니, 살아 있을 때 마지막으로 입는 옷만큼은 뽀송뽀송하게 땀 흡수도 잘되는 기능성 소재로 만든 옷을 준비하면 어떨까요? 가급적이면 아이의 배냇저고리와 같은 소재라면 더할 나위 없이 좋겠습니다. 여분으로 두세 벌 준비해 갈아입다가 임종이 다가오면 가장 깨끗한 옷으로 골라 입고 죽음을 맞이하면 좋겠습니다. 그러고서 수의로 태워도 손색없지 않을까요?

그러면 또 무엇을 준비해야 할까요? 부모님과의 이별 준비는 장례에 그치지 않습니다. 선산이 있어 묘지가 준비되어 있다면 모를까 화장한 뒤 납골당이나 자연장을 선택할 경우 어디를 골라야 할지 또 선택의 기준은 무엇인지 아무것도 모릅니다. 이런 봉안시설을 선택했다면 미리 후보지를 직접 다녀오는 편이 좋습니다. 납골당의 경우 명절마다 다녀와야 하는 시설이라 혹시 교통 정체가 예상되는 구간이라면 피하는 것이 좋습니다. 이런 사항을 미리 준비한다면 다양하게 조사할 시간이 있지만,

갑자기 상황이 닥친 경우라면 순간의 선택으로 인해 명절마다 후회를 할 수도 있습니다.

부모님의 생애 말기에는 이처럼 굵직한 선택만 하더라도 요양 단계부터 장례, 봉안, 부모님 집의 유품정리, 상속 등 준비해야 할 일이 너무 많습니다. 장례와 관련된 정보가 인터넷에 나와 있다면 검색이 가능하겠지만, 이런 정보를 검색할 수 있는 사이트는 부족한 현실입니다. 게다가 웨딩박람회처럼 장례와 관련된 회사들이 모여 각종 용품을 보여주며 미리 선택할 수 있는 박람회가 개최된다면 모를까 장례 관련 용품을 직접 눈으로 보거나 서비스를 체험하려면 어디로 찾아가야 할지 알기 힘든 실정입니다.

그래서 앞으로 웨딩플래너처럼 장례식 준비에 필요한 정보를 제공하는 새로운 직업이 등장하리라 예상됩니다. 장례업계가 생소한 예비 유족들에게 지출이 계속해서 따르는 장례식은 힘든 과정일 수 있습니다. 이때 임종과 장례방식, 부모님의 유품정리와 상속 등을 패키지로 제공하고, 장례식장과 봉안시설을 추천하여 이 과정을 수월하게 진행할 수 있도록 도와주는 장례 컨설턴트가 필요합니다. 아직 이 분야를 전문적으로 담당할 인력이 없지만 향후 장례 컨설턴트는 웨딩플래너처럼 새로운 직군으로 자리 잡을 수 있습니다. 이런 전문 인력은 난립한 상조 상품의 장단점을 비교하면서 곧 장례를 치러야 하는 예비 유족에게 꼭 맞는 장례 컨설팅을 하는 업무를 담당하게 될 것입니다.

2017년 도쿄 빅사이트에서 열린 엔딩산업전에 로봇 스님이 출품되어 전 세계 미디어의 이슈를 단번에 끌어당겼습니다. '넛세이에코'라는 회사가 일본 소프트뱅크가 출시한 가정용 로봇 페퍼Pepper에게 경전 소프트웨어를 적용했는데, 장삼을 걸친 로봇 스님이 제단 앞에서 경전을 읽었습니다. 일본에서는 장례식 때 스님이 독경을 하며 의식을 집전하는 게 일반적입니다. 이 회사는 이런 수요를 대체하기 위해 로봇 스님을 개발했다고 합니다. 이 회사에 따르면 인공지능 로봇 페퍼는 〈반야심경〉을 읽는 훈련을 하고 있다고 합니다. 승려가 되기 위해서는 불경을 읽는 훈련이 필요한 것처럼, 로봇 스님도 스님으로서 나름의 수행을 거치고 있는 셈입니다.

과연 이 로봇 스님이 실제로 장례식에 등장하게 될지는 미지수입니다. 하지만 이 회사는 장례식장의 방명록 기입을 전자화한 전자방명록과 인터넷을 통해서 장례를 라이브로 전하는 인터넷 장례서비스, 제단을 선택할 때에 시뮬레이션으로 제단을 만드는 아바타 제단 등 장례식에 최신 IT기술을 도입하고 새로운 비즈니스를 시도하고 있습니다.

일본은 우리보다 먼저 고령화사회를 맞았습니다. 고령자가 많아진다는 건 그만큼 사망자도 증가한다는 의미입니다. 이런 영향으로 요코하마에서는 해마다 장례산업박람회Funeral Business Fair가 성황리에 개최되고 있습니다. 도쿄 빅사이트에서는 엔딩박람회가 개최되어 사람들이 모이고 있습니다. 일본 경제산업성에서도 라이프 엔딩산업으로 국민의 삶의 질 향상, 산업의 적절한 발전을 꾀하기 위해 본격적으로 산업지원을 시작하였습니다. 일본의 엔딩산업은 해외에서도 주목을 받아 일본의 내수 산업 가운데 얼마 되지 않는 신성장 분야입니다..

생전정리를 하는 시간

오랜 기간 유품정리 일을 하며 후회하는 유족을 많이 보았습니다. 사람이 모두 다르게 사니 후회의 이유도 모두 다르지만 부모님께 잘해드리지 못했다는 죄책감, 그 한 가지 공통점은 모두 같았습니다. 또 부모와 이별할 것을 미리 알지 못해 마음을 정리하지 못한 아쉬움도 컸습니다. 하지만 이미 기회는 사라졌고 후회해봐야 소용이 없습니다. 아무리 울어봐야 부모님은 다시 살아서 돌아오시지 않으니까요.

그렇다면 이런 후회를 조금이라도 줄일 수 있는 방법은 없을까요? 부모님이 살아 계실 때 미리 마음을 정리하면 후회를 조금쯤 줄일 수 있겠다는 생각이 듭니다. 그런데 마음을 어떻게 정리할 수 있을까요? 우리보다 먼저 고령화사회를 맞은 일본에는 생전에 부모님의 유품을 미리 정리하는 사람들이 많습니다. 가재도구와 소유물을 정리하는 일로 이를 '생전정리'라고 합니다. 주로 유품정리 회사가 생전정리를 돕고 있습니다. 부모님이 요양원이나 요양병원 등 시설로 가야 할 경우이거나, 넓은 집에서 좁은 집으로 이사를 해야 할 때, 혹은 혼자 남은 부모님이 자녀와 함께 살기 위해 자녀의 집으로 합가할 경우 부모님의 집을 정리할 필요가 있습니다.

생전정리를 할 때는 어떤 것을 가장 많이 고려해야 할까요? 유품정리를 물건의 관점에서만 본다면 생전정리 또한 물건을 정리하는 것으로 생각할 수 있습니다. 대청소를 한다거나 가구의 위치를 바꾸고 생활에 필요 없는 것을 버리는 목적이라면 간단한 문제겠지만, 부모님의 집과 물건에는 특별한 의미가 있습니다. 아기가 태어나고, 성장하여 분가할 때까지 한 가족의 역사가 고스란히 담겨 있고, 부모님과 자녀의 추억과 애환도 담겨 있습니다. 이는 가족 구성원 한 사람 한 사람의 땀과 눈물, 인생이 담겨 있는 다큐멘터리이며 실화이자 곧 삶의 이야기입니다.

부모님은 어떻게 살아오셨을까요? 우리는 부모님에

대해 잘 안다고 생각할지 모르지만 의외로 부모님에 대해 모르는 것투성이입니다. 우리가 태어나기 전이나 어린 시절은 기억조차 없으니 부모님이 어떻게 살아오셨는지 전혀 알 수 없습니다. 어른이 되어서는 자신의 삶을 살아가느라 부모님에 대해 생각할 겨를이 없습니다. 부모님은 자녀의 관심이나 좋아하는 것, 취향에 대해 잘 알고 있고 친구 이름이나 인간관계도 잘 알고 있습니다.

노인이 되면 몸이 말을 듣지 않습니다. 무릎이나 관절이 아파 불편한 점이 한두 가지가 아니지만 참고 견뎌야 합니다. 하지만 이런 사정을 자녀에게 말할 수조차 없습니다. 행여나 자녀에게 말해도 자녀는 "병원에 가보세요"라는 말로 치료를 끝냅니다. 정말이지 아픈 마음을 너무 몰라줍니다. 그러다 보니 같은 처지에 있는 친구들에게 의지할 뿐입니다. 심할 경우 이웃이 자녀보다 부모님에 대해 더 많은 것을 알고 있습니다.

생전정리는 부모님과 자녀와의 관계를 다시 정립하고 서로의 마음을 알아가는 기회입니다. 그런데 이렇게 소중한 가족의 이야기를 필요 없는 물건을 버리듯 후다닥 없애버린다면, 그동안 살아왔던 오랜 시간을 한꺼번에 없애는 것과 같습니다. 이 때문에 부모님의 집 정리는 부모님을 중심으로 가족 구성원이 모두 모여야 의미가 있

습니다. 반드시 형제자매들이 함께 모여 정리할 필요가
있습니다.

그러면 무엇부터 어떻게 정리해야 할까요? 무엇을 정
리하기에 앞서 어떤 마음으로 정리해야 하는지에 대해
아시면 좋겠습니다. 부모는 어린 자녀에게 훈육이라는
명목으로 '이렇게 해라 저렇게 해라' 지시합니다. '밥 먹
을 때 흘리지 마라' '공부를 열심히 해라' 등 사소한 것부
터 부모가 주도하며 자녀의 의사를 무시하곤 합니다. 이
런 생활이 당연하다고 여기며 길들여진 탓인지, 나이가
든 자녀는 부모님에게 '이래라 저래라' 습관적으로 잔소
리를 해댑니다.

자기 마음에 모든 것이 딱 맞아떨어지는 사람은 아무
도 없습니다. 자신이 분가한 뒤 부모님은 이전과 완전히
다르게 살아가고 있다고 해도 과언이 아닙니다. 게다가
자신도 배우자와 함께 생활하였기에 생활 방식이 완전히
바뀌었습니다. 분가한 자녀는 분명 가족이지만 생활 환
경과 생활 방식이 완전히 다릅니다. 그런데 이제 부모님
의 집을 정리해야 하는 과제가 생겼습니다. 사실은 집을
통째로 새로 짓는 것만큼 엄청나게 큰일이 시작된 것입
니다.

부모님의 집은 부모님의 것입니다. 즉 물건의 소유자

는 부모님입니다. 그런데도 자녀는 자신의 것을 정리하
듯 이런저런 잔소리를 늘어놓습니다. 부모님의 도움으로
자신의 집을 정리할 때는 잔소리를 해도 무방합니다. 이
때문에 부모님 집 정리는 자녀의 의지보다 부모님의 의
지대로 정리할 수 있도록 지켜보는 것이 우선입니다. 마
치 어린아이가 장난감을 가지고 놀 때 흐뭇하게 지켜보
는 것처럼 이 같은 마음을 가지고 함께 정리하면 좋겠습
니다.

우리 부모 세대는 전쟁 세대로 보릿고개를 겪었습니다.
즉, 모든 것을 아끼던 습관이 몸에 밴 분들입니다. 사소한
밥풀 한 톨이라도 버릴 수 없는데 자신의 소유물을 없앤
다는 건 상상도 할 수 없는 일입니다. 이와 달리 자녀들은
물건이 넘치는 시대를 살았습니다. 그러다 보니 어지간한
물건은 보관보다 사용하고 버리는 쪽으로 성향이 기웁니
다. 물건에 대한 가치관이 부모님과 완전히 다릅니다. 이
처럼 생각이 다른 사람들이 모여 물건을 정리한다면 반
드시 의견충돌을 겪게 됩니다. 정리를 하다가 의견충돌이
생기면 차라리 모두 다 버리더라도 부모님이 돌아가신 뒤
정리하는 편이 낫습니다. 부모님 집 정리는 그냥 부모님
이 하자는 대로 하는 편이 좋습니다.

동생이 행거를 하나 사왔습니다. 작은 텃밭이 있어 농

사를 짓는 어머니가 집에 들어오면 외투를 바닥에 던져 놓는 것이 거슬렸는지 행거를 사다주면서 이렇게 말했습니다.

"엄마! 오늘부터 밖에 갔다 오면 옷을 행거에 걸어주세요. 엄마를 위해 사왔어요."

어머니는 지나가는 말로 고맙다고 말하더니 하루이틀 사용하다 이전처럼 옷을 바닥에 던져 놓았습니다. 며칠 뒤 이 광경을 본 동생은 어머니에게 화를 내며 말했습니다.

"엄마! 엄마 쓰라고 행거를 사왔는데 왜 옷을 바닥에 던져 놓는 거예요?"

그 뒤로도 동생은 행거를 사용하지 않는 어머니에게 종종 화를 냈습니다. 며칠 동안 그 모습을 지켜보면서 저는 과연 동생이 어머니를 위해 행거를 사왔는지 아니면 자신이 어질러진 것을 보기 싫어서 사왔는지 궁금했습니다. 어머니에게 사용하라고 권했으니 어머니를 위하는 것일지 모르지만, 아마 자신을 위해 사왔는데 그것을 어머니에게 사용하라 강요한 건 아닌지 곰곰이 생각해보았습니다. 행거로 인해 분란이 자주 일어나자 그것을 제 방으로 옮겼고 그 이후로 더 이상 소란은 없었습니다. 우리는 흔히 다른 사람을 위해 이런 행동을 한다고 생각하지만, 정작 자신이 원하는 대로 살고 있는지도 모릅니다. 부모님과 함께 부모님 집을 정리할 기회가 있다면 어떤 식으로든 부모님이 원하는 대로 할 수 있도록 기회를 충분히 드리는 것이 이후 후회를 줄일 수 있습니다.

사람은 보기보다 복잡하게 생활합니다. 몇십 년 묵은 살림을 끄집어내 보면 혀를 내두를 정도로 어마어마한 양의 살림살이가 나옵니다. 서랍이나 수납장에 수납된 것을 하나씩 꺼내면 생각지도 못한 것들이 뭉텅이로 쏟아져 나옵니다. 그런데 이 많은 걸 한꺼번에 다 없애야 합니다. 차라리 다른 곳에 창고가 있다면 한꺼번에 그대로 옮기면 좋겠지만 그럴 만한 여유 공간이 없습니다. 그러니 어떻게든 없애는 방법을 고민해야 합니다. 그런데 제 경험에 의하면 창고가 있어도 별로 다르지 않았습니다.

돌아가신 한 할머니의 시골 농가를 정리한 적이 있습니다. 도시에서 생활하던 노부부가 시골로 내려와 전원생활을 시작했습니다. 별채로 조립식 창고를 지어 도시에서 생활할 때 가지고 있던 많은 짐을 보관했다고 합니다. 그러다 아버지가 먼저 돌아가시고, 어머니 혼자 생활하시는 동안 창고는 오랜 시간 방치되었습니다. 얼마나 오랜 시간 열지 않았는지 내부에는 습기와 푸른색 곰팡이가 가득 차 있었습니다. 오래된 장롱 안에는 도시에서 가져온 짐이 그대로 방치되어 있었습니다. 어머니마저 돌아가시자 결국 다른 짐과 함께 대부분 버려지는 신세가 되었습니다.

물건은 물건에 지나지 않지만 하나하나 사람의 손때가 묻어 있습니다. 이 물건에 묻은 손때에는 함께 만졌던 오랜 시간과 추억이 있습니다. 사람과 사람이 물건을 만지며 함께한 시간에는 물건에 얽힌 많은 이야기가 있어 물건을 보면 생각과 느낌이 떠오릅니다. 이처럼 물건을 통해 이 물건에 묻어 있는 마음을 정리할 수 있습니다. 그런데 그 마음이 어떻게 쓰이느냐에 따라 사람들은 서로 갈등을 일으키고 싸우기도 합니다. 오죽했으면 일본의 유품정리 회사들이 생전정리 서비스를 영업하기 위해 광고를 할 때 '아들에게 부탁하면 자신의 뜻대로 안 되는 경우' '필요 없는 물건을 정리하기 힘들지만, 자녀에게 부탁하기 어려운 경우'라는 문구를 넣었을까요.

같은 동양 문화권이라서 그런지 어딘지 모르게 우리 현실과 비슷한 경향이 있습니다. 오죽하면 노인들 사이에서 '무자식이 상팔자'라거나 '자식이 원수'라는 말이 통용되겠습니까. '자녀가 무섭다'라는 표현을 서슴지 않는 노인들도 있습니다. 직접 폭력을 행사하거나 보호해주지 않고 방치하는 패륜까지는 아니더라도 부모님이 하고 싶은 대로 하지 못하게 막는 것도 일종의 폭력입니다. 이왕 부모님의 집을 정리하기로 마음먹었다면 무턱대고 없애기보다 부모님과 함께 새로운 추억을 만든다는 마음으로 서로의 생각을 확인하는 생전정리가 되었으면 좋겠습니다.

대량 죽음의 시대가 온다

일본에서 유품정리 사업을 배워 국내에서 이 사업을 시작할 때 준비 과정에만 3년이 걸렸습니다. 일본의 장례 박람회에서 만났던 국내 장례업계 관계자들을 찾아다니며 유품정리업의 시장성에 대해 알렸고, 일본 대표를 국내로 초청해 대학과 대학원에서 특강도 몇 차례 실시했습니다. 유품정리 검색어를 사용해 어떻게 하면 이 서비스를 알릴까, 고민하던 차에 생각하지도 못했던 복병이 나타났습니다. 이 일이 돈이 된다고 생각해서일까요? 청소업체들이 이 시장에 뛰어들었습니다. 이들 가운데에는 고독사나 자살 현장의 끔찍한 모습을 사진이나 동영상으로 찍어 무분별하게 노출하며 유품정리의 정의를 변질시

키는 경우도 있었습니다. 아무리 돈도 좋지만, 어쩌다 다른 사람들의 죽음이 이처럼 흥밋거리가 된 건지 씁쓸할 때도 있습니다. 타인의 죽음은 자신의 삶을 진지하게 돌아보게 하는 계기가 됩니다. 그런데 인터넷에서 '유품정리'를 검색어로 치면 고인의 명예엔 관심도 없는 청소업체들이 주르륵 뜨고, 그러는 사이 우리 일은 청소하는 일로만 인식되었습니다. 요사이 걸려온 문의 전화는 청소나 폐기물 처리를 의뢰하는 사람들의 방문 요청이 대부분입니다.

한 번은 밤늦게 낯선 도시를 방문했다가 아무 생각 없이 숙소 근처에 주차를 하였는데 자고 일어나보니 차가 시장 한복판에 세워져 있었습니다. 사람들로 북적이는 시장통 사이로 차량을 빼내느라 힘들기도 했지만, 쥐구멍이라도 있으면 숨고 싶을 만큼 부끄러웠습니다. 뭇 사람들의 시선이야 견딜 수 있지만, 제가 일부러 차를 거기에다 세운 것이라는 사람들의 오해는 일일이 풀 수도 없는 노릇이었습니다.

이처럼 순수한 마음은 보지 못하고 마치 죽음 이후의 일을 다루는 사람들의 마음을 모두 검은색이라 오해할까봐 우려스럽습니다. 한 대학교의 장례학과 교수님과 대화를 나누자 이런 우려는 더욱 커졌습니다.

"젊은 학생들이 꿈을 안고 학교로 입학했는데, 사회의 편견 때문에 학교를 그만두는 경우가 있어서 속상합니다."

저희 역시 유족들의 가족이 되어 그들의 위로에 도움이 되겠다는 마음으로 일을 하지만, 난립한 청소업체들의 무분별한 빗자루질에 쓸려 그 마음이 흔적도 없이 지워지기도 합니다. 한 달 가까이 일본으로 어렵게 연수를 다녀온 직원 가운데에는 자신의 진로를 완전히 바꾼 청년도 있었습니다. 그는 일본에서 어렵게 현장 일을 배워 왔지만, 국내 사정상 설 자리를 잃게 되었고 결국 사업을 접어야만 하는 실정에 놓이게 되었습니다. 가치도 좋지만, 현실은 냉혹한 비즈니스의 세계임을 다시 확인할 수 있습니다. 그나마 다행스러운 일은 그 직원이 응급구조사가 되어 소방서에서 근무하게 되었다는 점입니다. 그는 일본에서 고독사 현장을 경험한 덕분에 고독사를 예방할 수 있는 일로 자신의 진로를 정했습니다.

제가 국내에 처음 소개한 개념과 퍼트린 문화에 사람들이 어떻게 반응하고, 세상이 어떻게 변하는지를 한 발 떨어져 보면서 때로는 속상하고 당장 때려치우고 싶을 때가 한두 번이 아니었지만, 쉽게 그만둘 수는 없었습니다. 곧 쓰나미처럼 다가올 일이 너무 엄청날 것을 알기 때문이었습니다.

대량 죽음의 시대가 도래하면 어떤 일이 벌어질까요? 일본에서 일어나고 있는 몇 가지 사례를 보면 우리나라에서도 장차 어떤 일이 벌어질지 유추할 수 있습니다. 그들도 우리처럼 화장장 건립에 지역민의 반대가 심합니다. 그러다보니 한꺼번에 많은 인구가 사망하여 갑자기 화장해야 할 시신의 숫자가 많아졌고, 화장장의 대기행렬이 길어 다음 날로 순서가 넘어가기도 했습니다. 심지어 화장 예약 날짜를 기다리기 위해 장례 기간을 3일장에서 5일장으로 늘여 장례를 지내는가 하면 아예 장례식을 생략한 채 곧바로 시신을 화장하는 경우도 늘고 있습니다. 장례식에 소요되는 비용도 만만치 않습니다. 그래서 자신이 죽으면 의과대학에 시신을 기증해 해부실습용으로 사용해달라는 예약도 많이 늘었습니다. 마지막으로 자신의 신체를 인류를 위해 사용한다는 의미도 있지만, 일부 노인들 가운데에는 해부실습 이후 자신의 장례를 의과대학에서 책임져줄 것이라는 믿음으로 신청을 하기도 합니다. 최근에는 시신을 기증하는 사람들이 많아 당분간 예약을 받지 않는 의과대학도 있습니다.

장례식장 사정은 어떨까요? 시신을 안치해야 할 안치실은 한정되어 있습니다. 이 때문에 밀려드는 시신을 모실 안치실이 모자라는 실정입니다. 일본인은 시신을 안치실에 오래 모시는 것을 실례로 여깁니다. 이 때문에 시신호텔이 생겼습니다. 시신호텔은 말 그대로 시신과 함께 숙박을 하는 시설로 지방에서 올라온 유족들이 호텔에 머물며 화장 순서를 기다리기 위한 목적으로 만들어졌습니다.

고령화로 인해 한꺼번에 노령의 사망자가 많아지니 미처 생각하지도 못한 사망과 관련한 일이 천태만상입니다. 단순히 화장뿐만 아니라 상속과 관련한 분쟁도 늘었고, 대출을 끼고 매입한 부동산의 소유주가 사망한 뒤 급락한 부동산 가격으로 집을 비워줘야 하는 일까지 벌어지고 있습니다. 이뿐만이 아닙니다. 독거노인의 증가는 곧 고독사의 증가와 직결되어 사회적으로 큰 문제를 안고 있습니다. 게다가 고독사는 특별한 가해자 없이 오직 피해자만 낳습니다. 한 사회와 한 시대가 통째로 피해자가 될 수 있습니다.

그나마 일본은 자연재해로 한꺼번에 많은 사람들이 사망한 경험이 많습니다. 그래서 위기에 대처할 수 있는 능력이 있지만 우리나라는 곧 고령화로 인한 대량 죽음의 사회를 맞이하면 일본보다 더 많은 문제를 한꺼번에 해결해야 합니다.

저는 한 차례 사업을 접었다가 새롭게 스타트업을 시작했습니다. 당시 한 일간지 기자가 저에게 물었습니다.

"왜 다시 이 일입니까?"

"제가 처음 한국에 이 일을 소개했는데, 왜곡된 방향으로 가는 것을 보기 힘들었습니다. 이걸 국내에 소개해놓고 안 할 수는 없잖아요. 유품정리가 왜 중요하고, 어떻게 해야 하는지 사람들에게 제대로 알려야겠다고 생각했습니다."

저도 이 일에서 벗어나려고 무척 노력했습니다. 그러나 쉽게 도망갈 수 없었습니다. 거대한 쓰나미같이 감당할 수 없을 정도의 사망자가 폭발적으로 발생할 것이 분명한데 아무 대책도 없이 시간이 흘러가고 있습니다. 세상이 어떻게 변할지 알면서 내팽개치고 도망갈 수는 없습니다. 쓰나미가 몰려오는데 나 혼자 살자고 도망갈 수 없는 일입니다.

여기에는 한 일본 여성의 영향도 있습니다. 그 여성의 기사가 도망가던 저의 발을 멈추게 만들었습니다.

"큰 쓰나미가 오고 있습니다. 여러분 빨리 높은 곳으로 도망가세요."

2011년 3월 11일 동일본 대지진 당시 일본 미야기宮城현 미나미산리쿠南三陸 방재청사에서 마지막 순간까지 대피 방송의 마이크를 놓지 않았던 엔도 미키遠藤未希라는 한 여성이 있었습니다. 그녀는 당시 스물네 살이었고, 결국 쓰나미에 휩쓸렸고 지진 재해가 있은 뒤 43일 만에 숨진 채 발견되었습니다. 당시 그는 사랑하던 이와 결혼식을 불과 6개월 앞두고 있었습니다. 그의 안내 방송 덕분에 읍민 약 2만 명 중 절반 가까이가 대피해 목숨을 건졌습니다.

장례식에 참석했던 사람들은 모두 한결같이 "그때 여성의 목소리를 듣고 정신없이 높은 곳으로 달아났습니다. 그 방송이 없었다면 지금쯤 저는 살아 있지 않을 겁니다"라고 말하며 눈물을 흘렸고, 그의 사진을 손으로 어루만졌습니다. 그의 부모는 알아볼 수 없는 시신으로 발견된 딸에게 다가가 솟구쳐 오르는 슬픔을 억누르며 이렇게 속삭였습니다.

"살아 있기를 바랐는데… 정말 애썼구나. 고맙다."

발인 때는 비가 오지도 않았는데 하늘에 무지개가 보였다고 합니다. 그녀의 사연은 일본 공립학교의 도덕 교과서에 '천사의 목소리'라는 제목으로 소개되었습니다. 이 기사는 저에게 많은 것을 느끼게 했습니다. 그러면서 저는 '스물네 살의 젊은 사람도 온 몸을 던져 자신의 역할을 다하려 하는데 이 여성보다 나이를 훨씬 더 먹은 내가 여기서 도망간다면 평생 스스로 용납할 수 없는 부끄러움을 안고 살아야겠지. 그래, 그렇다면 내가 할 수 있는 만큼만 내 역할을 해보자! 내가 아니어도 이 일을 할 사람이 나타날 때까지만 내 역할을 다하자'고 마음먹었습니다.

대량 죽음의 시대를 해결할 묘안은 없을까요? 저는 다양한 관점에서 고민했습니다. 죽음을 비즈니스 관점에서 지금과 다른 시각으로 바라보며 끊임없이 연구했습니다. 아직까지 우리나라의 죽음 비즈니스는 장례에 국한되어 있습니다. 많은 사람이 지금의 장례문화가 바뀌어야 한다고 말합니다. 그러면서도 장례에 국한해 변화를 시도하고 있습니다.

우리나라의 장례업 종사자들은 고인이 갑작스레 돌아가시면 곧바로 달려가야 하기 때문에 출퇴근 개념조차 없을 정도로 열악한 환경에서 근무하고 있습니다. 언제 사망 소식이 들려올지 모르니 24시간 출동이라는 긴장을 늦출 수 없습니다. 3일장을 치르는 경우라면 3일 내내 유족과 함께 지내야 합니다. 심지어 장례가 끝난 뒤에도 할 일은 남아 있습니다.

인구구조와 생활환경의 변화로, 치매가 발생하기 전부

터 시작해 요양과 임종, 사망 후 장례와 유품정리, 상속, 추모에 이르기까지 각각 독립적으로 발생하는 다양한 업무영역을 스스로 결정할 수 있는 시스템이 필요합니다. 여기에는 이 분야의 전문인력이 많이 필요합니다.

일본의 엔딩산업 성장과정을 우리나라에 접목해 새로운 직업 만들기가 필요하며, 이는 많은 부가가치를 창출할 수 있습니다. 새로운 산업생태계 조성으로 기업은 성장할 수 있고 일자리도 만들 수 있습니다. 정부는 대량 죽음으로 발생할 사회적 비용을 획기적으로 절감할 수 있습니다. 아울러 개인은 올바른 생사관을 바탕으로 마지막까지 자기다운 삶을 살 수 있습니다.

특히 무분별하게 버려지는 집 한 채 분량의 가재도구를 재생해 활용한다면 새로운 수익을 창출할 수도 있습니다. 물론 처리에 드는 사회적 비용을 제외하고 말입니다. 이런 기회가 있다면 모든 걸 버리더라도 이 일에 매달려볼 가치가 있다고 생각됩니다.

다행히 제가 하는 일이 과학기술부 주관 정부지원 사업에 선정되어 6개월간 국내 최고의 컨설턴트 여덟 명을 지원받을 수 있었습니다. 저는 그들과 함께 미래를 바꿀 수 있는 큰 그림을 그려보고자 합니다.

죽음을 준비할 때

제 유품을 부탁해도 될까요?

이 일을 시작하고 난 뒤 다양한 사람들에게서 문의 전화
를 받습니다. 전화로 이야기를 들어보면 대학시절 법학
을 공부할 때 본 판례처럼 사연도 많고 바라보는 시각도
다양합니다. 사실 제 입장에서는 매번 죽음에 관한 이야
기를 들어야 하니 어쩔 땐 좀 밝은 이야기로 화제를 전환
하고도 싶지만, 저를 찾는 분들은 생각하지도 못했던 죽
음을 맞닥뜨린 상황인 만큼 상대의 입장이 되어 최대한
도와드리려고 합니다. 하지만 아무리 도와드리고 싶어도
간혹 황당한 전화를 받으면 저도 모르게 날카로운 반응
을 보이게 됩니다.

"거기가 유품을 정리해주는 곳이죠? 유품정리를 예약

하려고요."

전화기 너머로 다소 묵직한 중년 남성의 목소리가 들렸습니다.

"네. 맞습니다. 유품정리를 예약하시려고요? 집주인과 어떤 관계이신가요?"

"본인입니다. 내 유품정리를 예약하려고요."

"선생님! 목소리만 들으면 아직 젊으신 것 같은데요. 혹시 병원에서 안 좋은 결과를 받으셨나요?"

"그건 아니에요. 그냥 자식들에게 폐를 끼치고 싶지 않아서요."

"네? 자녀분들이 있으시다고요? 자녀들과 상의는 하셨나요?"

전화기 너머의 남성은 이런 질문을 왜 하느냐고 귀찮은 듯 퉁명스럽게 대답했습니다. 그는 자신이 스스로 목숨을 끊으려 하는데 차마 자녀에게 자신이 살던 공간을 보여주고 싶지 않다고 말했습니다. 예금이며 보험, 자동차 등 자신이 사라지면 문제가 될 만한 것들은 정리를 마쳤고, 죽음을 위한 모든 준비도 끝냈다고 했습니다. 그런데 생각해보니 지금 살고 있는 집을 정리해줄 사람이 없다는 것입니다.

저는 한참 동안 이 남성의 사정과 하소연을 들은 뒤 이렇게 대답했습니다.

"선생님! 죄송합니다. 저희는 이런 경우라면 예약을 받을 수 없습니다. 예약을 받게 되면 저희가 처벌을 받을 수 있어서요. 저희는 스스로 정리하고 싶지만 어쩔 수 없을 때이거나 어떻게 정리해야 할지 모를 때 도와드리고 있습니다."

"내가 그런 경우 아니요. 내가 스스로 정리하고 싶지만, 내가 죽은 뒤에 어찌할 수 없으니 우리 집에 있는 짐을 다 치워달라는 거 아니요. 중요한 건 내가 다 정리했으니 그냥 와서 싹 다 버리기만 하면 되는 거요."

"그러니까 저희에게 선생님 댁을 청소해달라는 말씀이지요? 그러니 못 해드린다는 겁니다."

이 남성은 막무가내였습니다.

"선금을 미리 주면 되는 거 아니요? 어차피 내가 죽으면 가져가지도 못할 돈인데 당신에게 작업비를 먼저 입금시켜주겠소. 그러니 내가 죽고 나면 와서 일만 처리해주면 되는 거 아니요? 돈 벌기 싫어요?"

저는 이 사람이 꺼낸 말 가운데 맨 마지막 한마디에 항의하듯 이렇게 말했습니다.

"선생님! 돈만 주면 사람들이 모두 자기 뜻대로 다 해준다고 생각하시나 본대요. 세상 사람들은 대부분 돈 준다고 아무 일이나 하지 않습니다. 선생님께서 돈만 주면 다 한다고 생각하셨다면 제가 선생님께 돈을 드릴 테니 저희 집에 와서 청소해주실래요?"

"뭐라고요? 나보고 당신 집을 청소하라고요?"

"선생님도 안 하시려고 하잖아요. 저도 선생님과 같은 생각입니다."

"뭐라고요? 당신은 그런 거 하는 사람 아니오?"

"네. 맞습니다. 선생님 말씀처럼 저는 이런 일을 하는 사람입니다. 그런데 저희도 일을 가려서 합니다. 선생님이 언제 죽을지 모른다면야 마땅히 제가 도와드릴 수 있지만, 선생님은 자신이 언제 죽을지 뻔히 알잖아요. 게다가 선생님은 사망 이후에 어떻게 정리해야 할지 잘 아실 거 아니에요. 그럼 자신과 한 약속을 좀 미루세요. 자기가 할 일은 스스로 다 해놓고 가세요."

사실 이런 전화를 받은 것이 처음은 아닙니다. 오랫동안 이 일을 하다 보니 비슷한 전화가 가끔 걸려와 나름대로 대응하는 노하우마저 생길 정도입니다.

누구나 죽고 싶을 정도로 힘든 순간이 있습니다. 인생에 즐거운 시간만 있는 것이 아니고 괴롭고 고통스러운 순간도 있습니다. 다른 분들도 마찬가지겠지만 저도 살면서 정말이지 죽고 싶은 순간이 많았습니다. 그런 생각이 들 때마다 도망치듯 떠날 순 없다고 생각했습니다. 왜냐하면 스스로 목숨을 버린 사람들의 집을 정리하며 남은 가족들이 어떤 어려움에 처하는지 많이 봐왔기 때문입니다.

스스로 목숨을 버린 사람들의 가족 가운데에는 실어증으로 거의 일상생활을 할 수 없는 분도 있었습니다. 그리고 도망치듯 떠나버린 한 사람 때문에 고인이 그토록 지키려고 했던 사람들끼리 부동산 처리 문제로 서로 다투는 현장을 목격한 것도 한두 번이 아닙니다. 이 때문에 남은 가족을 위해서라도 '최소한 살면서 내가 저지른 일을 스스로 책임지고 내가 저질러 놓은 모든 것을 깨끗하게 정리하고 떠나자'라는 마음을 먹었더니 무엇을 해야 할지 제 삶의 방향이 뚜렷해졌습니다.

언제 죽을지 모를 뿐 사람은 어차피 모두 죽습니다. 상황이 좋아져 자신이 영원히 살고 싶어도 살 수 없습니다. 오히려 그럴 땐 살려달라고 애원하고 싶을지도 모릅니다. 기다렸다가 자신의 순서가 왔을 때 죽어도 될 텐데 성급하게 자신이 먼저 그 시기를 결정해 빨리 떠나버린다면 아직 자신에게 오지 않은 재미있는 일을 포기한 것일 수도 있습니다.

영화는 대부분 맨 마지막이 가장 재미있습니다. 재미

있는 스토리가 아직 다가오지 않았다고 생각하면 억울해서라도 떠날 수 없습니다. 어떻게 살아온 인생인데 재미있는 결말을 꼭 보고 떠나야지요. 이렇게 생각해야 남은 사람들에게도 피해를 조금이라도 덜 끼칠 수 있습니다.

충동적으로 자신의 삶을 포기하려는 분과 달리 자신이 떠난 뒤 뒤처리와 자신이 남기게 될 유품을 걱정하며 전화를 걸어오는 사람들도 있습니다. 이런 유형의 전화는 대부분 할머니들이 걸어옵니다.

"거기… 내 유품을 미리 부탁하고 싶은데… 예약도 받아주나요?"

"예약하려면 비용은 얼마나 드나요?"

전화로 상담을 원하는 사람도 있지만, 가끔 방문을 요청하는 사람도 있습니다. 연령은 60대에서 70대까지 다양합니다. 대부분 혼자 사는 사람이 많습니다. 젊었을 때는 몰랐는데 나이가 들고 보니 자신이 죽은 뒤가 걱정된다고들 말씀합니다. 결혼을 하지 않아 자녀가 없고, 부모나 형제도 모두 죽어 자신의 사후를 마땅히 부탁할 데가 없는 사람들이 많습니다. 어떤 사람은 다행히 조카가 있어서 장례는 알아서 치러주겠지만, 지금 살고 있는 집까지 조카에게 맡기려니 왠지 폐가 될 것 같아 어떻게든 스스로 정리를 하고 싶다고도 하였습니다. 언론에 제 인터뷰 기사라도 나는 날이면 어김없이 자신의 유품정리를 예약하겠다는 전화가 많이 걸려옵니다.

정말이지 이런 상황이 되어보지 않은 사람들은 모르겠지만, 자녀가 없는 사람이나 혼자 사는 사람은 자신이 사망한 뒤 유품을 정리하는 것도 큰 걱정거리 가운데 하나입니다. 또 요즘은 자녀가 있더라도 숫자가 적고, 모두 분가해 바쁘게 살고 있어 이런 고민은 사실 자녀가 있느냐 없느냐의 문제는 아닙니다. 오히려 자녀가 있더라도 자신의 사후를 미리 준비하려는 욕구가 더 강한 사람도 있습니다.

이런 수요를 빨리 알아차린 사람이 일본에 있습니다. 일본 유품정리회사의 이시하라 고문입니다. 그는 엔딩노트를 개발해 장례식장에 납품했습니다. 이후 일본에서는 다양한 엔딩노트가 쏟아져 책으로 출판되기도 했고, 엔딩노트를 작성하는 문화마저 생겼습니다. 장례식장에서 노인들에게 도시락과 함께 엔딩노트를 무료로 나눠주며 잠재고객 유치를 위한 행사를 열고 있습니다. 대형 유통 그룹에서는 이런 수요를 겨냥해 쇼핑센터에서 세미나까지 열며 노인들에게 엔딩노트를 나눠주기도 합니다.

엔딩노트는 사후정리에 대해 의사표시를 할 수 있는

도구이지만, 실행에 옮겨줄 사람이 없다면 그동안 적어 놓은 자신의 희망사항은 모두 수포로 돌아갑니다. 게다가 살면서 매번 생각이 바뀔 수 있어 수정된 내용이 반영될지 의문스러운 부분도 있습니다. 저는 이런 문제로 고민하는 사람들과 대화를 나눌 때마다 '이 분들의 불안을 해소할 수 있는 방법이 없을까?' 하는 생각을 하곤 합니다. 그래서 일본 엔딩노트의 원조라고 할 수 있는 이시하라 고문의 '이프노트'와 '마이엔딩'을 기초로 우리 실정에 맞게 수정한 노트를 만들었습니다. 책자로 완성하기 전까지 프린트로 출력하여 제본해 무료로 나눠드렸습니다. 전화로 문의를 하는 사람들에게는 일일이 찾아다닐 수 없어 사비를 들여 무료 책자를 우편으로 보내드리기도 했습니다. 이후 보내드린 책자를 잘 받았는지 확인 차 전화를 하는데, 간혹 책자를 받은 뒤 연락을 차단한 사람도 있습니다. 감사하다는 말까지는 아니지만, 사람의 선의를 일방적으로 끊는 사람을 만날 때면 이런 일을 계속해야 할까 고민이 되기도 합니다. 하지만 진정으로 이 문제를 걱정하는 사람들을 만나면 생각이 달라집니다.

엔딩노트를 나눠드리며 이렇게 말합니다.

"본인이 희망하시는 것을 적을 수 있도록 노트를 드릴 테니 작성해보시겠어요? 다 작성하신 뒤에라도 생각이 바뀌면 언제든지 교환해드릴게요. 만약 본인이 돌아가신 뒤 노트를 남겨놓으면 누군가 와서 본인이 해달라는 대로 해드릴 것입니다."

오랫동안 일본의 유품정리회사와 관계를 맺어온 덕분에 실제 자신의 유품정리를 예약한 할머니가 사망한 뒤 유품정리회사가 장례를 치르고, 고인의 유지를 받들어 유품을 정리하는 과정을 지켜보았습니다. 이런 수요는 점점 늘고 있습니다. 황혼 이혼으로 혼자 살거나 자기만의 방법으로 죽음을 맞이하고 싶은 사람들까지 수요는 점차 다양해지고 있습니다. 게다가 부모세대와 자녀세대가 함께 늙어가는 바람에 자녀도 이미 노인이 되어 함께 살지 못하고 늙은 부모가 혼자 사는 경우도 많습니다. 부디 한 권의 엔딩노트로 사후에 대한 걱정을 조금 덜 수 있다면 그것만으로도 안심이 될 것입니다.

엔딩노트 만들기

일본에서는 노인들이 은퇴 후 여생을 염려나 후회 없이 지내다 자기다운 마지막을 맞고자 하는 활동이 유행하고 있습니다. 이를 종활 '슈카쓰終活'라고 합니다. '슈카쓰'의 툴로서 인기 있는 것이 엔딩노트입니다. 엔딩노트는 다큐멘터리 영화에 소개되었고, 다양한 형태로 출판되어 일본인들의 관심이 높습니다.

법적 효력이 있는 유언 작성은 사람들이 원래 해오던 활동입니다. 하지만 가족이 따로 떨어져 살아가는 핵가족 시대에 본인이 사망하고 벌어질 일에 대해 자신의 희망을 기입하거나 인생을 되돌아볼 수 있는 의미에서의 툴은 존재하지 않았습니다.

엔딩노트의 선구자는 장례용품 등을 다루는 회사인 세키세セキセ—의 창업자 이시하라 마사츠구입니다. 그는 세 가지 노트를 만들었는데, 가족이 작성하는 'if 가족을 위한 준비노트' 가족 이외의 다른 사람의 죽음을 대비하는 'X데이 노트' 자기 자신의 죽음을 주제로 한 '마이 엔딩 나의 준비노트'가 그것입니다. 이 노트는 세키세 사와 거래하는 장례회사에서 판매하며 '죽음 디자인'을 주제로 한 이시하라의 강의를 바탕으로 만들어졌습니다.

그로부터 몇 년 뒤, 사회학자인 이노우에 하루요가 '유언노트'를 발표했습니다. 이는 유언을 작성하는 노트와 이를 위한 지침서 두 권이 한 세트로, 자신의 죽음을 준비하는 풍조가 없던 시절에 출판되어 언론의 주목을 받았습니다. 여기에는 인생의 끝에 접하는 외로움을 누그러뜨리고 싶은 마음이 담겨 있습니다.

저는 이시하라 씨와 여러 번 만났습니다. 그에게서 노후에 이 노트가 왜 필요한지 많은 이야기를 들었습니다. 그리고 오랜 시간 장례와 유품정리를 하며 우리 문화와 실정에 맞도록 '유언신탁노트'로 편집하였습니다. 그동안 이 노트를 많은 사람들에게 무료로 나눠주었고, 이제 국내에서도 다양한 엔딩노트가 제작되어 각각의 콘텐츠를 검증해야 할 정도로 유행하고 있습니다.

저는 유언신탁노트를 일방적으로 빈칸만 채우는 엔딩노트와 달리 '키퍼스노트'로 재탄생시켜 자신을 회고하며 자신의 의사를 기입할 수 있는 웰다잉 도구로 개발하였습니다. '키퍼스노트'의 내용은 다음 페이지에 소개한 것과 같습니다. 아무쪼록 이 노트가 웰다잉 문화의 계기가 되어 표준화가 될 수 있으면 좋겠습니다.

• 키퍼스노트의 테마와 내용

	테마	내용
1	나	자신의 연혁과 과거, 정보 정리, 자신의 미래와 생각
2	상속과 재산	상속법과 상속재산 목록작성(부동산, 금융재산)
3	유언과 신탁	유언의 작성과 공증, 유언대용신탁 상품 소개
4	간병과 후견	간병인과 성년후견의 소개 및 필요성
5	인간 관계	가족, 친구, 동창, 동료, 지인의 연락처 정리
6	고독사 위험	인생의 건강한 균형을 맞추기 위한 체크리스트 검사
7	자서전	자기 소개, 자신의 생각 정리, 목차 작성, 기획서 작성
8	임종	연명의료 거부, 장기 기증, 호스피스 등 임종 방식 선택
9	장례	장례지도사 선정, 장례절차와 진행
10	소유물정리	재산(동산, 자동차 등), 실내외 재산, 임대·임차·문서·사진·증서, 기록물·귀중품, 가전, 골동품, 미술품 등 아이템 별 정리
11	디지털 유산	디지털 기기와 디지털 정보 정리
12	반려동물	반려동물의 생애 이력 및 성격, 병력 등 정보, 펫신탁 소개 및 가입 안내, 새로운 보호자 지정
13	추모	기존 추모 방식 소개와 문제점, 새로운 추모 방식 제안, 디지털 추모관 활용법

목적
본인의 생애를 역사로 기록하며 회고, 반성, 기록 및 향후 남은 삶의 방향 설정
상속재산의 분배를 미리 결정하여 가족 간 분쟁을 미연에 방지
법적 효력 있는 유언장 작성과 유언대용신탁 가입으로 사후 자신의 결정을 이행 강제
치매로 인한 의사능력 상실 시 재산 보호와 간병인 지정
관계 정리, 자신의 유고 시 비상연락
본인의 삶을 새로운 시각으로 재조명, 고독사 방지
본인의 삶을 돌아보는 회고록 초안 작성
생전에 임종 전·후 과정과 임종 방식 선택
생전 자신과 유족의 의사를 반영한 후회 없는 장례식 진행
생전 자금 확보, 자신의 의사에 따른 보관, 재생, 처분의 결정, 불필요한 물건의 나눔과 정리, 생전 유품정리
디지털 정보의 삭제와 디지털 정보 전달의 중요성 이해
남겨진 반려동물의 양육비 재원확보 및 보호자(수탁자) 지정
남은 사람들을 위한 아름다운 추억 만들기

다른 사람의 도움이 필요할 때

10년 전쯤 67세의 할머니에게서 자신이 사망한 뒤 유품 정리를 예약하고 싶다는 전화가 왔습니다. 절박한 심정으로 도움을 요청하는 사람의 부탁을 거절할 수 없어 시간을 내어 지방의 자택으로 방문했습니다. 할머니는 평생 결혼을 하지 않았고 형제들과도 연락을 끊고 살아온 탓에 자신의 사후처리가 걱정이라고 했습니다. 오랜만에 사람을 만난 때문인지 할머니는 제가 자리에 앉기도 전부터 이야기를 시작하여 거의 두 시간 동안 이야기를 계속했습니다. 저는 한참 동안 이야기를 들으며 이런 의문을 가졌습니다. '이렇게 사람들과 이야기를 나누고 싶은 분이 왜 혼자 생활하고 계실까?'

할머니는 제 사정은 아랑곳하지 않고 스님들의 입적 이야기로 화제를 이어갔습니다. 그분 말씀에 따르면 큰스님들은 입적할 때가 되면 깊은 산속으로 들어가 죽을 때까지 아무것도 먹지 않고 사망해 동물의 먹이가 된다고 합니다. 그래서 본인도 죽을 때가 다가오면 산속으로 들어가 굶은 뒤 산짐승의 먹이가 되고 싶다고 했습니다. 자신은 이 세상에서 흔적도 없이 사라지고 싶어 매일 두 차례 절에 다녀오는 것으로 하루를 보낸다고도 했습니다.

그런데 할머니가 곰곰이 생각해보니 자신이 죽으면 사용하던 물건을 해결할 방법이 없더란 것입니다. 할머니는 죽음을 대비해 미리 집 안의 물건을 줄여나가고 있지만, 좀처럼 물건이 줄지 않아 어떻게 해야 할지 모르겠다고 했습니다. 텔레비전이나 세탁기는 아예 없애버렸지만 냉장고는 어쩔 수 없이 사용해야 합니다. 물건뿐만 아니라 만나던 사람들과의 인연도 정리하는 중이라고 했는데, 지금까지 만났던 사람들의 연락처는 모두 지웠고, 한 분과만 1년에 한두 차례 만난다고 했습니다.

할머니의 말씀을 다 듣고, 저는 제가 제작한 노트를 한 권 건넸습니다. 할머니가 사망한 뒤 이 노트를 본 사람이 저에게 연락을 하면 원하는 대로 해드릴 테니 생각을 정리해 써두시라고 했습니다. 그러자 할머니는 아들 한 명을 얻은 기분이라며 안심이 된다고 하셨습니다. 저도 할머니에게 든든한 버팀목이 될 수 있어 뿌듯했습니다. 상담이 끝난 뒤 주차장으로 가 할머니의 집을 올려다 보자 할머니는 베란다에서 내려다 보며 손을 흔들고 있었습니다. 차를 운전하며 백미러로 보니 모습이 점점 작아져 완전히 사라질 때까지 할머니는 그 자리에 서 계셨습니다. 저는 아쉬움보다 혹시 혼자 계시면서 사고는 없을지 걱정이 앞섰습니다.

그렇다고 제가 먼저 연락을 자주 할 수는 없었습니다. 유품정리를 예약한 사람에게 제가 먼저 전화를 해 안부를 묻는 건 '아직 돌아가시지 않으셨어요?'라고 확인 차 연락한 것으로 느껴질 수 있어 상대방이 언제든지 연락할 수 있도록 안심시켜 드리는 편이 낫다고 생각합니다. 서로 실례가 되지 않는, 이보다 더 좋은 방법을 생각해보았지만 아직 마땅한 방법이 떠오르지 않습니다.

몇 개월 뒤 저는 실례가 될 줄 알면서도 염려가 되어 전화로 안부를 물었습니다. 그랬더니 할머니는 짧은 답변으로 황급히 전화를 끊더니 뜻밖의 이메일을 보내왔습니다. 더 이상 인연을 만들고 싶지 않으니 다시는 연락을 하지 않았으면 좋겠다는 내용이었습니다. 저는 그 이후 가끔 할머니의 근황이 궁금했지만 연락을 할 수가 없었습니다.

그렇게 10여 년의 세월이 흘렀습니다. 저는 혹시나 하는 마음으로 저장해두었던 연락처로 전화를 걸었습니다. 마치 합격자 발표를 기다릴 때처럼 "제발… 제발…" 되뇌며 할머니가 전화 받기를 바랐습니다. 저의 바람대로 할머니는 건강히 잘 지낸다는 소식을 전해주셨습니다. 이전과 생각도 많이 바뀌신 듯했습니다. 지금은 지인이 있는 수도권으로 이사를 했고, 믿을 수 있는 주변 사람들에게 자신의 사망 후 정리를 부탁해두었다고 하셨습니다.

이 할머니처럼 자신의 소유물을 미리 정리하려는 분들이 있습니다. 이런 생각은 남성보다 여성에게서 두드러지게 나타나는 특징입니다. 아무래도 여성은 자기 일을 스스로 정리하고 싶은 욕구가 강한 만큼 다른 사람들에게 폐를 끼치고 싶지 않다거나, 혹은 자신의 물건을 다른 사람이 만지는 것을 싫어하여 어떻게든 미리 정리해두려고 합니다.

사실 이 문제는 자신이 언제 죽는지만 안다면 디데이D-day를 정해 한꺼번에 정리하면 될 문제입니다. 하지만 자신이 언제 죽을지 아무도 모릅니다. 죽음이 자신에게 언제 찾아오는지 모르기 때문에 사람들의 생활방식이 바뀌면서 생각하지도 못한 것들을 남긴 경우도 있습니다. 혼자 지내다 집 안에서 사망하여 한동안 아무에게도 발견되지 않으면 신체가 처참한 흔적으로만 남게 됩니다. 이렇게 사망한 사람의 흔적을 지우는 일이 하나의 직업으로 자리 잡았으니 실제 이렇게 죽는 사람의 숫자는 상상 이상이라고 할 수 있습니다.

사람들은 죽으면서 무엇을 남길까요? 시신, 유품, 가족, 유언, 재산, 추억, 기록, 생각, 정보, 지식, 후회, 아쉬움, 감정 등 한 사람이 남기는 것은 너무나 많습니다. 이름이나 사진, 연락처뿐 아니라 인간관계도 남기고 떠납니다. 인간관계는 상대방에게 자신에 대한 이미지와 기억으로 남습니다. 이렇게 남기는 것 가운데 가족처럼 별도로 정리할 필요 없이 그대로 남는 것도 있지만, 시신이나 유품처럼 정리가 필요한 것도 있습니다. 후회와 아쉬움, 감정처럼 정리하고 싶어도 정리할 수 없는 것도 있습니다. 원하든 원하지 않든 자신이 죽은 뒤 어쩔 수 없이 다양한 것이 남기 때문에, 자신이 남긴 것을 정리하기 위해서는 반드시 도와줄 사람이 필요합니다. 죽은 뒤뿐만 아니라 살아서도 자기 일을 스스로 해결하고 싶지만, 결코 혼자 해결할 수 없는 일이 있습니다. 치매가 걸렸다거나 죽음에 임박해 의식을 잃어버리면 자신을 보호해줄 후견인이 반드시 필요합니다. 생애 말기에는 사망 전후로 누군가의 도움이 필요합니다.

미니멀 라이프나 무소유가 유행입니다. 그런데 이런 생활의 취지를 잘못 해석해 아무것도 소유하지 않겠다고 하는 사람도 있습니다. 이는 원시 부족으로 돌아가겠다는 생각과 같습니다. 원시 부족이 사는 오지마을에는 전기도 없습니다. 그런데 지금 우리는 전기가 없으면 살지 못합니다. 심지어 현대인들은 인터넷만 끊어져도 불안해하고 아무것도 할 수 없다고 느낍니다. 지금까지 사람들은 각 시대에 맞는 현대 문명을 누리고 살아왔습니다. 문명은 죽기 전까지 함께 동고동락하는 파트너와 같습니다. 그럼에도 이런 것을 굳이 없애려는 데 초점을 맞추다 보면 혼자 해결할 수 없는 것투성이입니다. 미니멀 라이프나 무소유는 없애는 데 목적이 있는 것이 아니라 과도한 욕심을 버리는 것이 본질이라고 할 수 있습니다.

세탁기 없이 빨래하고, 숟가락 없이 밥을 먹고, 돌멩이로 바위에 암각화를 새겨 의사표시를 전달하며 살 수는 있습니다. 하지만 오랫동안 현대 문명과 더불어 생활해온 사람들에게 당장 이런 생활로 바꾸라고 하면 아마 불편해서 살 수 없을 것입니다. 그렇다면 지금 최대한 문명을 누리고 살더라도 내가 죽은 다음에 내가 사용하던 물건을 다른 사람에게 부탁해 어떻게 정리해야 좋을지 미리 생각해보는 편이 더 낫다고 생각됩니다. 내가 사라지면 내가 쓰던 것을 다른 사람이 사용할 수 있도록 넘겨주고, 그 사람은 다음 사람에게, 또 그 다음은 그 다음 사람에게 넘겨주는 문화가 자리 잡는다면 물건을 만들 때부터 하나하나 소중함을 느낄 수 있도록 만들 수 있겠지요.

유품정리 일을 하는 저에게 교과서처럼 의미 깊은 단어가 하나 있습니다. '정리整理'라는 단어입니다. 정리는 '체계적으로 분류하고 종합함'을 의미합니다. 즉 정리는 새로운 질서를 만들어가는 과정입니다. 정整의 앞부분인 '속束' 자에는 같은 것끼리 묶는다는 의미가 있습니다. 리理는 자연 그대로의 무엇인가가 퇴적되어 사람이 인위적으로 손을 대지 않은 상태입니다. 유품정리는 묶어서 자연의 상태로 돌려주는 행위이며, 장례를 통해서 시신을 자연으로 돌려주는 것처럼 사람의 생각이나 물건, 재산을 자연으로 돌려주는 행위로 이해하고 있습니다.

그렇다고 무조건 자연으로 돌려보내는 건 위험한 발상입니다. 사람은 무엇인가를 남겨 다음 세대로 계승하려는 욕구가 있습니다. 인간의 신체를 자연으로 돌려보내는 장례는 가장 인문적인 행위입니다. 이처럼 한 인간이 사용하고 남은 것을 자연의 상태로 되돌리는 것은 유품을 정리하는 사람들이 기본으로 가져야 할 생각입니다. 예컨대 액자가 하나 있다면 자연 상태로 돌리기 위해 유리는 유리대로, 종이는 종이대로, 나무는 나무대로, 쇠는 쇠대로 분리해 자연으로 돌려놓습니다. 그런데 유념해야 할 것이 있습니다. 이 가운데 모든 인류가 더 나은 세상을 살 수 있도록 교훈을 주는 중요한 액자라고 한다면 그 상태 그대로 보존해서 승계하는 것이 더 이롭습니다. 쓸모가 있느냐 없느냐는 다음 세대가 자기들 나름대로 새로운 질서를 만들어 다시 정리할 것입니다. 그런데 우리가 이런 것을 고려하지 않고, 각 가정마다 사용한 물건을 현재 상태로 폐기해 매립해버린다면 그대로 땅속에서 굳어버리게 됩니다.

굳이 거창한 인류가 아니더라도 사람들은 누구나 가족에게 승계하고 싶은 특별한 인문이 있습니다. 부모세대에는 그 세대에 맞는 인문이 있고, 자신이 살았던 시대에는 그 시대에 맞는 가치관과 질서가 있습니다. 이처럼 다음 세대는 다음 세대에 맞는 질서를 각자 만들어낼 것입니다. 그러기 위해 지금 시대의 사람들이 정리를 잘 해줘야 하겠습니다. 자신의 유품이라도 자신이 죽으면 스스로 정리할 수 없습니다. 이 때문에 살아 있는 동안 최대한 스스로 정리해야 합니다. 그런 다음 스스로 하지 못하는 것은 자신이 믿을 수 있는 사람에게 미리 부탁해놓으면 좋겠습니다.

잘 죽기 위한 준비

저는 '고독사' 개념을 국내에 처음으로 소개하였습니다. 그 덕분에 지금은 고독사 예방 전문가로도 활동하고 있습니다. 전국의 지자체나 주민센터, 복지관에서 강연 요청을 해와 고독사 예방 강연을 다닙니다. 웰다잉 교육 프로그램이 진행되는 곳 가운데에는 대상이 노인인 경우가 많아 고령자들의 많은 관심을 직접 느낄 수 있습니다.

한번은 고독사 예방 교육을 마치고 나오는데 '사전연명의료의향서'를 쓰기 위해 길게 줄을 선 노인들의 모습을 볼 수 있었습니다. 아마 웰다잉 교육 프로그램이 끝난 직후였던 모양입니다. 저는 줄을 선 할머니에게 다가가 물었습니다.

"할머니! 사전연명의료의향서를 왜 쓰시려고 하세요?"

"자식들에게 부담을 주면 안 되잖아요. 인공호흡기를 끼면 돈도 많이 든다는데, 없는 살림에 내가 짐이 되면 안 되잖아요. 나는 이제 살 만큼 살았어요."

"그럼 할머니 자녀들도 아시나요?"

"아니지. 아직 애들은 모르지."

고령자들은 인공호흡기를 끼면 돈이 많이 들어 자식에게 부담을 줄까 봐 사전연명의료의향서를 작성한다는데, 정작 자식에게 이 사실을 미리 말하는 사람은 거의 없습니다.

고령자들의 웰다잉 교육이 사전연명의료의향서 작성 위주로 진행되고 있다면, 입관 체험은 고령자보다 2030 젊은 사람들 위주로 유행하고 있습니다. 사전연명의료의향서든 젊은 사람들의 입관 체험이든 웰다잉 교육은 유언장 작성을 통해 자신이 이 세상에 남기고 싶은 마지막 의사를 표시하는 것으로 마무리 짓게 됩니다.

국내에서 최초로 '존엄사'란 개념을 인정한 '**김할머니 사건**'°의 판결 이후 2018년 연명의료결정법이 시행되어 존엄한 죽음을 선택하는 사람들이 급속도로 늘고 있습니다. '준비 없이 당하는 죽음'에서 '삶을 능동적으로 마무리하고 미리 죽음을 준비하자'는 웰다잉 문화는 이제 대세로 자리 잡았습니다. 웰다잉 교육을 하는 협회나 단체가 생겼고, 죽음 준비 교육을 하는 기관도 있어 이제 우리 사회에서 죽음은 하나의 트렌드가 되었습니다.

죽음 교육이나 체험의 선호도는 연령 별로 다소 차이가 있고 교육 방법도 다양합니다. 유언장 작성과 자서전 쓰기, 자신의 장례 계획 세우기와 사전연명의료의향서 작성하기 등 기관마다 나름대로 다양한 방법으로 죽음 준비에 한 발짝 가깝게 다가가고 있습니다. 임종 체험을 위해 관 속에 들어가거나 유언 낭독, 영정사진을 찍는 프로그램까지 생겨 사랑하는 사람들과 이별을 준비하는 순간을 체험하며 잠시 자신을 되돌아보는 성찰의 시간을 갖기도 합니다.

○ 김할머니 사건

2008년 김 할머니는 폐암 조직검사를 받다가 과다출혈로 식물인간이 되었습니다. 자녀들은 김 할머니의 인공호흡기를 제거하고 연명치료 중단을 요구했습니다. 병원 측은 이를 거부했고, 자녀들은 소송을 제기했습니다. 보호자의 요구로 환자를 퇴원시켰다 사망에 이르게 하여 '살인방조죄'로 처벌을 받은 '보라매 병원 사건'에 대한 의료계의 트라우마로 인해 당시 병원은 김 할머니 자녀들의 연명치료 중단 요구를 받아들일 수 없었습니다.

대법원은 2009년 5월 "질병의 호전을 포기한 상태에서 현 상태만을 유지하기 위하여 이루어지는 연명치료는 무의미한 신체 침해행위로써 오히려 인간의 존엄과 가치를 해하는 것이며, 회복 불가능한 사망 단계에 이른 환자가 인간으로서의 존엄과 가치 및 행복추구권에 기초하여 자기결정권을 행사하는 것으로 인정되는 경우에는 연명치료 중단을 허용할 수 있다"라고 판결하여 국내 최초로 '존엄사' 개념을 인정했습니다.

일본의 고령자들은 죽음을 준비하기 위해 슈카쓰 활동을 합니다. 슈카쓰는 생애 말기 자신이 죽기 전이나 치매나 의식을 잃기 전에 요양과 자신의 사망 후 장례, 유품정리, 유언 집행, 상속, 보험, 반려동물 등 자신과 주변에 벌어질 일을 미리 생각해보고 준비하는 활동입니다. 자신이 사망한 뒤 들어갈 장례식장이나 납골당을 직접 방문한다거나 유품을 기증할 곳이나 나눔을 할 방법을 찾고, 남은 가족 간에 상속으로 인해 분쟁이 일어나지 않도록 재산에 관한 유언장을 작성하는 등 그 활동 범위가 매우 넓습니다. 슈카쓰는 단순히 자신의 재산이나 소유물에 국한되지 않습니다. 묘비명이나 마지막으로 남기고 싶은 말 등 남은 사람들에게 전하고 싶은 메시지를 엔딩노트에 미리 표시하기도 하고 '자신의 죽음'을 주제로 한 다양한 활동을 합니다.

우리의 웰다잉이나 일본의 슈카쓰 모두 죽음을 스스로 준비하는 과정이지만, 죽음에 접근하는 방식에는 다소 차이가 있습니다. 우리나라 노인은 소득이 크게 늘어 경제적 자립성이 높은 덕분인지 죽음을 존엄과 품위의 관점에서 접근합니다. 연명치료 거부와 호스피스, 장기기증 같은 임종 방식에서 시작해 상속 분쟁 방지를 위한 유언과 장례 계획까지 연결해 준비합니다.

이에 반해 일본 사람들은 '남에게 폐를 끼치지 않는다'는 일본인의 문화적 특성과 저출생, 핵가족, 고령화로 인한 사회상이 그대로 반영된 모습을 보입니다. 일본에서 슈카쓰에 참가한 노인들과 이야기해보면 실제 그들은 자식에게조차 폐를 끼치고 싶지 않다고 입을 모아 말합니다. 부모가 스스로 모든 것을 해결해야 한다는 관점에서 자신의 임종부터 장례나 유품정리, 납골과 49재, 재산 상속을 위한 유언의 작성 등 죽음 전후 일어날 현실적인 부분까지 생각합니다.

이렇듯 웰다잉이 임종 순간 품위 있는 죽음에 포커스가 맞춰져 있다면, 슈카쓰는 철저히 현실적인 문제를 준비하는 과정입니다. 어쨌든 양쪽 모두 죽음을 정면으로 바라봐야 할 만큼 용기가 필요합니다. 한편으로는 슈카쓰나 웰다잉을 혼자 시작하더라도 본인이 쓰러진 경우나 사망한 경우에 모처럼 써놓은 유언장의 보관장소와 연명치료거부서 등록기관, 혹은 장례계획을 실행해줄 회사가 어디인지 알 수 없다면 모처럼 낸 용기가 물거품이 될 수도 있습니다.

실제 일본에서는 미리 작성해둔 엔딩노트의 보관장소와 고인이 준비한 무덤의 위치를 몰라 실행되지 못한 안타까운 사례가 있었습니다. 이 때문에 웰다잉이나 슈카쓰에는 죽음을 직시하는 용기뿐만 아니라 한 번 더 용기가 필요합니다. 이왕 용기를 냈으니 과감하게 가족과 자신의 죽음 이후에 대해 이야기해보아야 합니다.

자신이 죽은 이후에도 자녀는 세상을 살아가야 합니다. 여러분의 부모님이 먼저 하늘나라로 가고 여러분이 남아 살았던 것처럼, 여러분의 자녀 또한 같은 과정을 겪게 될 것입니다. 자신과 똑같은 유전자를 갖고 태어난 자녀를 위해 자신의 병력이나 치료과정을 기록해두어 자녀가 미리 예방 차원에서 자신의 몸을 관리할 수 있도록 하는 것도 중요한 일 가운데 한 가지입니다.

유품을 정리하는 입장에서 또 하나 우려되는 일이 있습니다. 유언장에 대한 법적 효력과 유언장을 발견했을 때 집행 여부입니다. 아무리 교육을 받고 유언장을 작성해놓았다 하더라도 법적으로 효력이 없으면 무용지물입니다. 자필증서에 의한 유언장을 작성하기 위해서는 유언장 전문全文을 직접 써야 합니다. 타인이 대필한 경우에는, 비록 유언자가 구술하였다거나 승인한 것이라 하더라도 직접 쓴 것이 아니므로 자필증서에 의한 유언으로서의 효력이 없습니다. 타자기나 워드프로세서 등의 문서 작성 도구를 이용해서 작성한 것도 직접 쓴 것이 아니기 때문에 자필증서에 의한 유언으로써 효력이 없습니다. 유언장의 작성일자 연월일, 주소와 성명을 직접 써서 인장 또는 도장으로 날인해야 합니다.

유언장에 법적으로 효력이 발생하더라도 유품정리 시 쉽게 발견되지 않아 최악의 경우 유언장이 통째로 사라질 수 있습니다. 이 때문에 일본에서는 가나가와神奈川 현 요코스카橫須賀 시처럼 슈카쓰 지원 사업을 하는 지자체도 있습니다. 시는 저소득층의 슈카쓰 관련 정보를 생전에 등록해 만일의 사태 시 병원·소방·경찰·복지사무소와 본인이 지정한 사람에게 공개하고, 의사를 실현하는 사업을 하고 있습니다. 원하는 시민은 누구나 본인 전화번호 한 개를 등록할 수 있습니다. 본인이 의사를 전할 수 없는 경우 본인의 의사가 명확했던 때 각 등록 항목의 내용을 알 수 있는 후견인이나 친족, 친구라면 일부 제한이 있지만 등록할 수 있습니다.

2019년 우리나라 사람들의 평균 기대수명은 남자 80세, 여자 86세(출처: 통계청)로 여자가 남자보다 6년을 더 사는 것으로 조사되었습니다. 부부가 동갑이라면 남성이 사망한 뒤 여성이 혼자 6년을 더 살아야 하지만, 대부분 여성이 남성보다 서너 살 아래여서 평균 연령으로만 따진다면 여성은 배우자가 사망한 뒤 혼자 10년을 더 살아야 합니다. 그렇다면 배우자가 사망한 뒤 남은 사람은 슬픔에서 빠져나오기만 하면 될까요? 결론은 그렇지 않습니다. 배우자의 상실로 인해 슬픈 마음을 이겨내야 하는 부분도 있지만, 사실은 그동안 가정에서 해온 역할 분담으로 인해 더 큰 현실적인 어려움을 겪습니다.

지금까지 남성은 밖에서 경제활동을 했고, 여성은 집안에서 자녀를 교육하고 살림을 사는 경우가 많았습니다. 그런데 한 사람이 사망해 갑자기 혼자 살게 되면 해야 할 일과 알아야 할 정보가 너무 많습니다. 예컨대 살림을 담당하던 아내가 사망하면 살림을 해본 적 없는 남편은 세탁기를 돌릴 수 없다거나 밥하기, 장보기, 맛있는 반찬 가게에 대한 정보 등을 알지 못해 일상생활을 영위하는 것조차 어려워합니다.

남성은 사회생활로 바깥일이 바쁜 탓에 가정 일을 소홀히 해 아내가 차려주는 밥상에만 의존해 살아온 사람이 많습니다. 일상생활은 사람의 생존을 위한 중요한 활동입니다. 사회생활을 왕성하게 할 때야 상관없겠지만, 은퇴한 뒤 집에서 생활하는 시간이 많아지면 끼니를 해결해야 합니다. 그동안 배우자에 의지해 살아온 습관에 따라 밥상을 배우자가 계속 차려주었다면 그런 남성은 가사 일에 서툴 수밖에 없습니다. 밥을 하는 일이며 설거지, 청소, 빨래, 쓰레기 분리수거 등 평소 하지도 않던 일을 모두 혼자 해결해야 합니다. 남성이 30년 이상 사회생활을 하면서 얻은 사회적 지위가 임원이라고 한다면, 여성은 집안일에 대표로서 30년간 집안을 경영한 것입니다. 그런데 가정생활을 책임지고 경영하던 대표가 병이 나거나 불의의 사고로 갑자기 사라진다면 겨우 신입사원에 불과한 남성이 가정생활의 모든 일을 혼자 결정하고 실행해야 합니다. 어디부터 또 어떤 것부터 손을 대야 할지 막막할 뿐입니다. 게다가 이런 자신을 되돌아보며 후회와 상실감이라는 심리적 상태에서 벗어나지 못하고 자신의 솔로 생활을 비관하고 스스로를 방치하는 위험 상황에까지 치닫게 됩니다. 이런 습관은 점점 고립된 생활로 빠지게 만듭니다.

중년 남성이 사망해 유품정리 현장에 가보면 경제적으로 부유한데도 편의점 도시락 용기를 잔뜩 쌓아놓고 사망한 현장이 의외로 많습니다. 이런 경우 싱크대는 어김없이 언제 사용했는지 모를 정도로 말라 있습니다.

남편이 먼저 사망한 경우에도 여성이 혼자 남아 어려움을 겪는 것은 마찬가지입니다. 남편이 경제활동을 왕성하게 했다면, 여성은 남편이 회사에서 어떻게 생활했는지 바깥 사정은 어땠는지 알 수 없습니다. 설사 직원들이 있더라도 그들의 성향도 모르고 거래처와 자금흐름도 알 수 없습니다. 규모가 큰 회사라면 경영권에 관한 부분도 있어 문제는 더 복잡해집니다. 남편이 바깥일을 도맡았다면 여성은 가정주부로서만 살아왔습니다. 결혼 전에야 여성이 사회생활을 해본 경험이 있다고 하더라도 벌써 30년도 지난 일이라 그때와 지금은 세상이 많이 달라졌습니다. 남편의 빈자리를 메워 지금부터라도 사회에 적응하려 해보지만 어려움이 이만저만이 아닙니다.

그렇기에 남성과 여성은 각자 자신의 일에서 벗어나 배우자의 입장에서 생각해보고 일을 함께해야 합니다. 그래야만 나중에 배우자가 먼저 사망하고 혼자 남더라도 건강하게 여생을 영위할 수 있습니다.

약봉투로 남은 죽음

오래 산다는 것은 늘 신체적 고통과 함께하는 것일까요? 유품정리 현장에서 가장 많이 발견하는 것은 약봉투입니다. 노인들을 만나 이야기를 나눠보면 대부분 안 아픈 곳이 없을 정도이니 고통은 만국공통이라는 생각이 듭니다. 그런데 약 종류가 한두 가지가 아닙니다. 정말 다양합니다. 실은 약을 보면서 이 많은 약을 먹으면 몸이 견뎌낼 수 있을까 걱정이 됩니다. 건강식품이나 발효식품, 담근 술을 그대로 두고 돌아가신 분도 있어 버리려니 아까운 마음이 들었습니다. 약藥과 독毒은 같은 것이라서 약이 많으면 독이 될 수 있고, 독이 적으면 약도 될 수 있습니다. 신체는 오묘해서 한 곳을 고치면 다른 곳에 무리가 오고, 그곳을 막으면 다른 곳에 무리가 옵니다. 즉, 약은 새로운 약을 부릅니다. 이 때문에 약의 개수는 점점 늘어납니다.

저는 50대 초반임에도 최근 노안이 부쩍 진행되었습니다. 가까운 곳이 거의 보이지 않습니다. 원래 눈이 좋은 편이 아니라서 일찍부터 안경을 끼고 살았는데 다시 눈에 변화가 생기니 불편한 것이 한두 가지가 아닙니다. 죽음 이후의 일을 다뤄서 그런지 저는 신체의 변화와 몸의 죽음에 대해 많이 생각합니다. 자신의 신체가 온전히 같은 모습으로 하루를 지낸 적이 있을까요? 저는 태어나서 지금까지 단 한 번도 같은 모습으로 하루를 지낸 적이 없다고 생각합니다. 매일 물을 마시고 밥을 먹고 배설을 하고 제 모습은 항상 변하고 있습니다. 호흡을 할 때마다 혹은 눈을 깜빡일 때마다 순간순간 변하고 있다는 사실을 부정할 수 없습니다. 사람의 신체는 수많은 세포로 구성되어 있습니다. 피부 속에도 장기와 근육이 있고, 피가 흐르는 혈관조차 세포로 구성되어 있습니다. 지금의 저는 순간순간 세포 분열로 인해 늘었다 줄었다를 반복하며 변하고 있습니다. 아침을 먹었을 때와 화장실을 다녀온 뒤 몸무게도 다르고 거울 앞에서 보면 배 모양도 다릅니다. 매일 바라보는 외모의 형태는 비슷할지 모르지만 매 순간 모습은 전혀 다른 모습입니다. 사람의 몸은 태어날 때부터 죽을 때까지 단 한 번도 같은 모습일 때가 없습니다.

신체가 변할 뿐 아니라 매 순간 자신이 직간접으로 알게 된 지식이나 경험, 이를 바탕으로 느끼는 감정과 생각도 계속 변화합니다. 결국 자신은 신체와 생각이 연속적으로 변하는 모습의 총체라고 할 수 있습니다.

최근 거울을 보면 하얗게 변한 머리카락이 보입니다. 어떻게 달려왔는지 모르겠는데 벌써 머리가 하얗게 변했습니다. 갱년기라서 그런지 생각도 많아지고 눈물도 많아졌습니다. 거울 속의 흰머리를 보면서 내가 변하고 있음을 실감합니다. 그나마 머리카락이 하얗게 변한 덕분에 내 몸이 바뀌고 있음을 알 수 있어 다행입니다. 만약 이런 표시가 없었다면 몸을 무리하게 사용하다가 운동회 날 학부형 달리기를 할 때처럼 넘어졌겠지요. 흰머리는 내 몸이 변하고 있음을 알려주는 고마운 신호입니다. 나이에 맞게 몸 관리를 하며 신체와 정신 모두 챙기라는 신호입니다. 이는 단풍이 들 듯 자연이 자연에게 변화를 알리는 신호입니다. 나이가 들면 활동량이 적으니 먹는 것을 줄이고, 기초대사량을 늘여 균형을 유지하라는 뜻으로 받아들이고 있습니다.

팔순이 다 된 모친은 치아가 빠지려는지 이빨이 아프
다며 통증을 호소합니다. 틀니를 해야 하지만 이가 자연
스레 빠질 때까지 쓸 만큼 더 쓰신다며 참고 지내십니다.
가만히 생각해보니 활동량이 적은 노인들이 많이 먹지
못하게 하려고 나이가 들면 치아가 빠지는 건 아닐까요?
오묘한 신체는 내부에서 받아들일 수 있는 만큼만 몸속
으로 들어오는 것을 허락하는 모양입니다.

모친은 한 번씩 귀가 간지럽고 잘 안 들린다고 합니다.
좋게 해석하니 세상의 시끄러운 소리를 듣지 말라는 의
미이자, 남이 자신을 욕해도 듣지 말라는 자연의 섭리 같
습니다. 자신이 살아온 과거를 추억하며 자기 생각을 정
리해보라는 의미도 있습니다. 좀 더 깊게 생각하면 기나
긴 인생 여정에서 순간순간 자신에게 주어진 상황은 무
엇인지 생각해보고, 현실에서 자신의 분수에 맞도록 욕
심이나 탐욕을 억제하고 조금 모자람을 만족하여 힘에
부치지 않는 인생 속에서 보람을 느끼라는 의미이기도
하겠지요.

이제 곧 기력이 딸려 누군가에게 의지하지 않으면 안
되는 순간이 찾아올 것입니다. 지나온 과거의 경험에서
탐욕과 욕심이 얼마나 자신을 괴롭혔는지 곁에서 자신을
간병하는 사람에게 지혜를 일러주며 보답하라는 뜻도 내

포되어 있습니다. 그러면 곁에서 보호를 하는 사람도 진심으로 감사함을 느끼지 않을까요? 사람은 서로 보완하는 관계라는 것을 깨닫게 되면 비로소 완전한 소통이 되고 이어 행복을 느끼겠지요.

사람은 망각의 동물입니다. 모든 것을 기억할 수 있지만 살아온 세월을 모두 기억하면 머리가 터져나갈 것입니다. 슬픔도 괴로움도 시간이 지나면 잊힙니다. 간혹 자신의 의지대로 모든 것을 기억하면 좋겠지만, 어쩔 수 없이 치매가 생기기도 합니다. 치매는 돌봐야 하는 사람들에겐 힘든 병이지만, 환자는 모든 것을 기억하지 않아도 되는 아기 상태와 같습니다.

귀가 간지럽기 시작하면 몸은 본격적으로 고장나기 시작합니다. 관절과 허리가 순차적으로 하나씩 기능을 다하지 못하면 불편이 이만저만이 아닙니다. 몸이 점점 아프기 시작하고, 하루하루 살아 있음이 고통이 될 수도 있습니다. 장수는 분명 행복이지만, 신체적으로는 많은 고통을 감수해야 합니다.

시간이 조금 더 지나면 자연과 동화되기 위해 감각 기능이 떨어집니다. 마지막으로 귀가 닫히면 딱딱한 무생물 상태로 돌아가 자연의 풍화작용을 맞게 됩니다. 살아 있는 동안 산소 호흡을 통해 생성된 피가 온몸을 돌아 몸이 자연과 끊임없는 순환을 하였다면, 이제 물이 매개가 되어 순환 작용을 돕습니다. 신체가 무생물로 돌아가는 사이 한 사람의 삶은 정신으로 남아 남은 사람에게 영향을 주게 됩니다. 그 영향은 크기만 다를 뿐 기존의 자연현상에 스며들어 조금씩 변화시킵니다. 생전엔 몸과 정신이 구분 없이 하나가 되어 생각에 따라 행동으로 자연의 현상을 변화시켰다면, 사망 이후 신체는 자연으로 돌아가고 정신은 남은 사람들에게 영향을 끼쳐 자연현상에 포함되어 변화와 순환의 원리로 작용합니다. 이 순환 원리에 따라 끊임없이 새로운 생명이 탄생하고 소멸하기를 반복합니다. 그래서 저는 죽음이 사라진 것이 아니라 원래 있던 자리로 돌아갔다고 생각합니다. 저는 한 사람이 죽어 다시 자기 자리로 돌아가는 과정을 배웅하는 일을 하고 있습니다.

사람은 동물과 달라 문자와 도구를 사용해 시간과 공간에 상관없이 사람들과 연결할 수 있습니다. 자신의 생각을 문자로 전달할 수 있고, 물건을 통해 기술발전을 이어갈 수 있습니다. 그렇다면 그냥 죽으면 안 될 것 같습니다. 만약 제가 아무 의사표시를 하지 않고 죽는다면 사람들은 제 마음을 알지 못할 뿐만 아니라 제가 어떤 고민을 했는지조차 모를 겁니다. 저는 이런 생각도 해보았습니다. 죽어가는 사람은 자신이 죽어가는 과정을 인식할 수 있을까? 임종하는 사람을 지켜보면 죽음을 맞는 순간에는 졸음이 오는 사람처럼 스르르 잠이 드는 듯한 모습입니다.

임종으로 생명이 다한 몸은 명칭이 시신으로 바뀝니다. 명칭만 바뀐 것이 아니라 모양도 바뀝니다. 산 사람 몸의 70퍼센트를 차지하던 수분은 몸 밖으로 빠져나가고, 피부가 감싸던 탱탱했던 모습은 형체를 유지하지 못하고 흉한 모습으로 변합니다. 이는 각각의 원소로 돌아가는 과정입니다. 이 때문에 저는 죽음을 변화의 과정이라고 생각합니다.

사춘기에서 갱년기를 지나 황혼기까지 오랜 시간이 지나야 노인이 됩니다. 이제 곧 자연으로 돌아가기 위해 준비가 필요한 시기입니다. 노인이 되면 약한 곳이 터지기 마련입니다. 사람의 몸은 골고루 강할 수 없으니 신체의 약한 곳이 터지지 않도록 미리 보완해야 합니다. 약으로 젊음을 되돌릴 수 있다면 한 움큼의 약이 아니라 한 그릇의 약도 좋겠지만, 그보다 자기 몸에 맞는 적당한 운동으로 몸의 균형을 유지하는 편이 바람직합니다. 그럼에도 몸이 좋지 않아 계속 통증이 지속된다면 죽은 뒤에야 비로소 고통에서 영원히 벗어날 수 있습니다.

영안실에서 시신을 염습할 때 염습대 위에 칠성판이라는 것을 놓습니다. 칠성판은 시신을 관에 넣기 전에 임시로 시신을 얹어놓는 널판지로 여기에는 북두칠성을 상징하는 일곱 개의 구멍이 뚫려 있습니다. 널빤지를 사용하는 풍습은 북두칠성이 인간의 수명이나 길흉화복을 주관한다고 믿는 도교 신앙에서 비롯되었다고 합니다. 싫든 좋든 사람은 누구나 마지막에는 칠성판 위에 올라가야 합니다.

무덤 친구

'다른 산의 돌이라도 내 옥을 갈 수 있다'라는 뜻의 '타산 지석他山之石'이라는 고사성어가 있습니다. 우리보다 먼 저 고령화사회를 맞은 일본을 타산지석으로 삼으면 우 리에게 좋은 기회가 될 수 있습니다. 일본에서는 1990년 도 말 부동산 버블이 꺼졌습니다. 이때부터 그들은 심각 한 불경기를 겪었고, 소위 '잃어버린 20년'이라고 하는 신 조어가 나올 정도로 경제는 저성장 국면으로 돌입했습니 다. 여기에는 이른바 '단카이 세대'라고 불리는 전후 베이 비붐 세대의 인구구조학적 사회현상이 있습니다. 이들은 모두 은퇴를 했고, 이제 사망을 앞두고 있습니다.

우리나라도 비슷한 양상으로 사회변화가 진행되고 있

습니다. 전쟁 이후 태어난 베이비붐 세대가 은퇴를 했고, 머지않은 장래에 사망할 것입니다. 베이비붐 세대는 8년에 걸쳐 대략 1천만 명에 달하는 사람들이 태어났으니, 이제 1천만 명이 사망할 일만 남았습니다. 국가적으로 본다면 가까운 미래에 한꺼번에 많은 사람이 사망하여 엄청난 사회적 비용이 들 것으로 예상됩니다.

잃어버린 20년 동안 일본에서 급격히 성장한 산업이 있습니다. 바로 엔딩산업입니다. 베이비붐으로 많이 태어났으니 많이 사망할 일을 예상할 수 있습니다. 고령화로 발생하는 노인 문제를 산업으로 풀어 사회적 비용을 오히려 수익 사업으로 바꾸었습니다. 저는 일본 회사의 요시다 대표 덕분에 일본의 엔딩산업이 형성하고 발전하는 과정을 지켜보았습니다. 국내에서는 상조회사와 업무협조를 맺어 수년 동안 유품정리를 했고, 새로운 비즈니스 덕분에 대학의 장례학과에 출강해 학생들을 가르치는 기회도 얻었습니다. 덕분에 한일 양국의 장례산업과 엔딩산업을 비교할 수 있는 눈도 가질 수 있었습니다. 우리가 일본 사회의 변화를 연구해 타산지석으로 삼는다면 위기를 기회로 극복할 수 있는 묘안이 곳곳에 있습니다.

해마다 도쿄에서 열리는 엔딩산업 박람회에는 수만 명이 몰립니다. 장인이 만든 장의용품이나 작가가 디자인

한 유골함 등 일반인이 접근하기 어려운 고급스러운 상품들이 선보이고, 전통 장례의 상식을 깨는 아이디어 상품들도 출품됩니다. 유족이 크루즈를 타고 고인의 유골을 바다에 뿌리는 해양 산골이나, 유골을 넣은 대형 풍선을 30~35킬로미터 높이의 성층권에 쏘아 올려 하늘에서 유골을 뿌리는 벌룬우주장 등의 장례 상품도 있습니다. 밤하늘을 좋아한 사람에게 최고의 장례가 될 것이라는 취지로 유골을 달 표면으로 옮기는 월면장을 기획한 업체도 있을 지경입니다.

장례회사는 개인의 인생사를 정리한 홈페이지를 만들어 사망한 뒤 추모 홈페이지로 활용하고, 지인에게 보낼 동영상 제작을 지원하기도 합니다. 사망 후 특정 시기에 자녀가 납골당을 찾아오면 고인이 생전에 미리 찍어둔 모습으로 등장해 가족을 반기는 스마트폰 애플리케이션도 개발되었습니다. 예를 들어 결혼을 맞은 딸이 찾아오면 "우리 딸, 곧 결혼식이네. 얼마나 예쁠지… 엄마가 함께하지 못해서 미안해"라는 영상 메시지를 스마트폰에 띄우는 식입니다. 이렇게 하면 차분하게 죽음을 준비하며 남은 가족을 배려한 고인의 마음을 가족에게 전달할 수 있습니다.

일본에서는 사망하기 전 장례와 유품정리를 스스로 미

리 예약할 수 있는 서비스 상품이 출시되었습니다. 유품 정리 회사는 생전에 미리 예약한 사람이 사망하면 장례를 직접 치르고 집 안에 남아 있는 유품을 정리합니다. 국내에도 이런 서비스에 대한 수요가 있어 유품정리를 사전에 미리 예약하려는 문의가 의외로 많습니다.

일본에는 '하카토모(墓友, '무덤 친구'라는 뜻)'라는 커뮤니티가 생겼습니다. 하카토모는 일본에서 볼 수 있는 교우 관계의 한 형태로 사후에 같은 무덤에 들어가는 것을 전제로 사귀는 친구를 말합니다. 자신이 묻힐 무덤 동료들과 온천여행을 통해 친분을 쌓는 서비스도 있고 정기적인 만남을 통해 혼자 죽는 것에 대한 두려움과 외로움을 극복하는 방법으로 활용되기도 합니다. 무덤 친구가 되려는 사람은 미혼인 노인, 아이가 없는 노인, 이혼으로 인해 혼자 사는 노인 등 자신도 모르는 사이 나이가 들어 혼자 생활하고 있는 사람들입니다.

무덤 친구는 비슷한 처지에 이미 알던 사이인 경우도 있지만, 처음에는 그다지 친하지 않은 사람이나 모르는 사람이라도 슈카쓰 활동 중에 알게 되어 무덤을 중심으로 결성됩니다. 근래에는 종교 단체와 함께 기업이나 NPO 법인 등이 공동묘지 운영에 나서고 있으며, 공동묘지를 친구들끼리 함께 지원하는 경우도 있습니다.

일부에서는 무덤 친구를 소위 외로운 노인이 증가하는 오늘날 '무연사회'의 상징이라고 보는 견해도 있지만, 무덤 친구는 부정적인 의미만 있는 것이 아니라 혈연관계로 묶이고 싶지 않는 자신만의 묘지 선택 방식이라는 긍정적인 의미도 있습니다.

여성은 결혼을 한 뒤 남편을 돕거나 육아에 쫓겨 자기다운 인생을 살지 못했음을 후회하는 분들이 많습니다. 그들 가운데에는 육아가 끝나고 남편이 정년퇴직한 뒤 비로소 자기다운 인생을 되찾기 위해 황혼이혼을 선택한 사람도 있습니다. 일본 여성은 결혼을 하면 남편의 성姓을 따라야 합니다. 이 때문에 여성이 사망하면 시댁의 가족묘에 묻히는 관습이 있습니다. 하지만 여성들 가운데에는 남편이 사망하고 혼자가 된 뒤 자신의 남편뿐 아니라 시댁 식구들도 함께 묻혀 있는 가족묘에 묻히고 싶어 하지 않는 사람도 있습니다. 이런 사람들은 죽어서까지 시댁에 얽매이는 건 죽기보다 싫다며 남편이 사망한 뒤 시댁의 굴레에서 해방되어 자기다운 삶과 죽는 방법을 선택해 무덤 친구를 찾는 경우가 많습니다.

한편으로 무덤 친구는 좋아하는 사람과 함께 묻힐 것을 원하는 새로운 생각의 반영이기도 합니다. 평생 미혼인 사람이 늘고 혼자 사는 사람의 수가 증가하여, 앞으로 이런 종류의 무덤 방식은 새로운 형태로 부상하리라 예상됩니다. 어떤 형태든 노후에 같은 생각을 가진 사람들이 친구가 된다는 것은 환영할 일입니다.

여러분은 이처럼 무덤 친구를 사귀는 것에 대해 어떻게 생각하세요? 새로운 형태의 인간관계 형성으로 인한 긍정적인 부분이 있지만, 우리 스스로를 반성하며 주변을 돌아봐야 한다는 생각도 듭니다. 사람 사이에서 일어나는 이런저런 일은 자연스럽습니다. 아무리 가까운 사이라 하더라도 가끔 다투며 토라지기도 하고 언제 그랬냐는 듯 화해해 특별한 관계를 만들어갑니다. 이런 인간관계가 가족입니다. 그런데 사람들은 밖에서 다른 사람들에게는 친절하고 예의를 차리면서도 정작 가까운 가족에게는 퉁명스럽게 대하는 경향이 있습니다. 외부 사람에게는 비밀이나 마음속에 있는 이야기를 털어놓으며 가깝게 지내지만 오히려 가족 간에는 공감하지 못하고 비밀로 함구하는 경우도 있습니다. 다른 가족을 배려한다고 생각해 숨긴 것일지 모르지만, 서로 지나친 간섭이나 잔소리가 싫어 약간의 거리를 둔다는 것이 그만 마음의 문을 닫아버리는 경우도 있습니다. 그러면서도 집에 돌아와서는 자기 속도 모른다며 푸념하고 토라지고 혼자 방문을 닫아버립니다. 대부분 사춘기 이후 이런 생활이 시작되고, 성인이 되면 가족을 울타리로만 생각하게 됩니다.

가정에서 이런 관계를 가지다 보니 밖에서 만난 사람들과도 사소한 의견 차이가 생기면 토라지고 마음을 쉽게 닫아버립니다. 이런 인간관계 습관은 젊고 힘이 있을 때야 상관없지만 나이가 들면 점점 자신의 죽음 이후를 걱정하게 되는 단계까지 오게 됩니다. 문득 돌아보면 아무도 없는 빈 방에 혼자 있는 것 같아 어디 하소연할 때도 마땅히 없고 너무 외롭다는 생각에 빠집니다. 이런 생각이 반영되어 생전에 미리 자신의 죽음 이후를 준비하는 서비스가 필요한 세상이 되었는지도 모르겠습니다.

자신이 사망한 이후 일을 마땅히 부탁할 사람이 없는데 이 업무를 대행해줄 회사가 있다면 고마운 일입니다. 하지만 과도한 개인주의로 다른 사람에게 폐를 끼치기 싫어 가족에게 유품정리를 맡기지 않고 미리 전문업체에 의뢰하는 사람도 있습니다. 문제는 이런 생각을 하는 사람들이 점점 늘고 있다는 점입니다. 이런 서비스를 만들어 판매하는 제 입장에서야 환영할 일이지만, 사회가 조금이라도 따뜻한 방향으로 나아갔으면 하는 게 기업의 사회적 책임이라면 어떻게든 가족과 함께 이 고민을 해결할 수 있도록 돕고 싶습니다.

그럼 과연 다른 사람에게 유품정리를 맡기는 것이 민폐일까요? 일반적으로 민폐라고 하는 것은 자기가 마땅히 해야 할 일을 하지 않고, 다른 사람에게 미루거나 책임을 전가한 경우를 말합니다. 스스로 처리할 수 있는데도 일부러 하지 않으면 다른 사람에게 방해가 되거나 폐를 끼쳐 민폐라고 할 수 있습니다. 하지만 죽은 뒤 장례나 유품정리를 스스로 할 수 있는 사람은 아무도 없습니다. 그러니 유품정리를 다른 사람에게 맡기는 것은 결코 민폐라고 할 수 없습니다. 그저 이 일은 스스로 할 수 없으니 어쩔 수 없이 다른 사람에게 부탁하는 것입니다. 이왕 부탁해야 한다면 자신이 믿고 맡길 수 있는 사람을 미리 정해두고 그 사람에게 부탁하는 편이 좋겠습니다.

이런 관점에서 본다면, 자신의 사후 처리를 다른 사람에게 부탁하지 않아 자신이 사망한 뒤 남은 가족이 곤란해하거나 혹은 갈등을 겪는다면 오히려 가족에게 민폐를 끼치는 것이 아닐까요? 또한 상대가 자신을 믿고 맡겼는데 자신의 일이 아니라며 남의 일처럼 함부로 다루는 것 또한 민폐가 되지 않을까요?

자신을 믿고 인생에서 가장 어려운 부탁을 한 사람에게 무엇보다 신뢰가 중요합니다. 만약 이런 부탁을 받고도 신의를 저버린 사람이 있다면 자신 역시 같은 상황에

처하게 될 것입니다. 이 때문에 저는 어쩔 수 없어 간곡히 부탁하는 상황에 놓인 사람의 일이라면 제대로 잘 해주는 것이 도리라고 생각합니다. 그래야 훗날 제가 떠날 때 또 누군가에게 마음 편히 부탁할 수 있기도 하고요.

매일 정리하는 삶

저는 사후 유품정리를 도와드리다 고인이 의사표시를 명확히 해놓지 않아 남은 가족이 곤경에 처한 경우를 너무 많이 봤습니다. 같은 부모를 둔 형제끼리 유산 때문에 다시는 보지 않겠다고 법정에 서는 경우도 있을 지경입니다. 또 혼자 살던 사람의 집 안 물건을 모조리 폐기물 차량에 싣고 가는 광경도 목격했습니다.

그런데 사람들은 그런 일이 자신에게는 일어나지 않는다고 생각합니다. 사람은 반드시 죽습니다. 언제 죽을지 모를 뿐입니다. 그렇다면 이런 일은 다른 사람의 일이 아니라 바로 자신의 일이 될 수도 있습니다. 오늘 사용한 물건이 내일 당신의 유품이 될지 모릅니다. 이렇게 되지 않으려면 자신이 쓰던 물건뿐만 아니라 자신과 관련한 것을 생전에 스스로 정리해둘 필요가 있습니다.

불이 났다고 가정해보겠습니다. 작은 불씨라도 남아 큰불로 옮겨붙으면 사람들에게 치명적인 피해를 줍니다. 물건이나 건물이 다 타버리는 것뿐만 아니라 화상을 입은 사람은 평생 동안 쓰라린 상처를 안고 살아야 합니다. 그래서 평소 불이 나지 않도록 소화기를 준비하고, 스프링쿨러도 설치하고 소화전도 갖춥니다. 시설뿐만 아니라 만일의 사태를 대비해 정기적으로 소방교육도 실시합니다. 준비를 잘한 사람들은 불을 낼 염려도 없고 만약 작은 불이 발화하더라도 큰불로 옮겨붙지 않습니다.

사후정리도 마찬가지입니다. 사람이 사망하면 마치 불이 났을 때처럼 사람들이 당황하고 우왕좌왕하게 됩니다. 생각도 저마다 달라 이런저런 사소한 의견 충돌이 일어나고 급기야 큰 싸움으로 번져 가족들 간에 소송까지 진행되기도 합니다. 이 싸움에는 그동안 참아왔던 감정도 개입되어 대부분 끝까지 갑니다. 또 자신이 죽고 나면 다시 살아나 이야기해줄 수 없으니 남은 가족은 고인의 뜻이 이랬다저랬다 다툴 수도 없습니다. 여러 가지 사안에 대해 일일이 답해주고 싶지만 이미 당사자는 죽고 없어 어쩔 도리가 없으니 남은 사람들은 곤란하기만 합니다. 때문에 생전에 사후에 일어날 일을 대비해 분쟁의 소지가 있는 불씨를 제거한다면 남은 사람들 사이에서 발생할 분쟁이나 곤란한 상황의 원인은 없어지지 않을까 싶습니다.

그러면 남은 사람들은 떠난 사람에 대해 좋은 기억을 가질 것입니다. 이렇게 자신에 대해 좋은 기억을 가진 사람들이 이 세상에서 모두 사라질 때까지 고인은 그 사람들에게 기억될 것입니다. 그렇다면 고인은 이 세상에서 완전히 사라진 게 아니고 사람들의 기억 속에서 살고 있습니다. 그러면 죽어도 끝이 아닙니다. 살아 있을 때 정리하는 것만으로도 끝까지 좋은 기억으로 남을 수 있습니다.

인생을 살면서 앞만 보며 달리다 보면 여유가 없습니다. 어쩌다 보니 한 달 아니 1년이 가고, 벌써 10년 하다 보면 자기도 모르는 사이에 벌써 은퇴할 시기입니다. 인생의 3분의 2가 훅 가버립니다. 문득 자기를 돌아보면 '아! 그동안 난 뭘 하고 살았을까?' 회의감이 찾아옵니다. '집이 있으면 좋겠다' '좋은 차를 사야겠다' '넓은 집으로 이사해야겠다' '자녀가 좋은 학교에 갔으면 좋겠다' '좋은 직장에 갔으면 좋겠다' 이런 바람으로 살았는데, 어느 날 돌아보면 자신이 계속해서 무언가를 가지려고만 한 사실을 알게 됩니다. 사실 사람들은 자신이 무엇을 가지고 살았는지 잘 모릅니다. 중간에 한 번쯤 자신이 무엇을 가지고 있는지 돌아보면 좋을 텐데 그럴 기회가 별로 없습니다. 이 때문에 자신을 위해 중간 점검이 필요하고 한편으로는 자신이 떠난 이후 자녀들을 위해 미리 준비할 필요도 있습니다. 자신이 지금 죽음에 대해 생각하고 있는 것을 자녀들에게 알려주어 자녀들과 소통할 수 있습니다. 그 때부터 자녀들과 진지한 대화가 시작됩니다. 내가 어떻게 살았고, 자녀가 어떻게 태어났고, 어떤 과정을 통해 이 자리까지 왔는지 비로소 이야기가 시작됩니다.

이런 소통을 하다 보면 인생이 결코 허무하지 않다는 사실을 알게 됩니다. 자신이 이룬 것을 하나씩 꺼내 보며 '내가 이만큼이나 해놓았구나!'라고 감탄을 하면 자부심과 자신감이 생깁니다. 앞으로 '무엇을 더 가져야 되겠다'라는 생각보다 '내가 가진 것을 잃지 않고 살아야겠다'라는 생각을 하게 됩니다. 그러면 조금 더 여유롭고 풍족하게 살지 않을까요?

사람들은 이처럼 좋은 기회가 있음을 잘 알지 못합니다. 앞만 보고 사는 게 습관이 되었으니 이 가능성을 전혀 모르고 다시 앞만 보고 살다 인생이 허무하다 느끼곤 후회를 합니다. 이런 후회가 자기 세대에서만 끝나는 게 아니라 자녀 세대에게도 대물림된다면 어떻게 하시겠습니까? 생전에 정리가 필요한 이유는 후회의 대물림을 막기 위함입니다. 또 생전 정리 자체가 부모와 자녀 간의 마음을 다시 이어주는 소중한 다리가 될 수도 있습니다.

죽음을 앞에 두면 욕심을 부려봐야 가지고 갈 수 없음을 깨닫습니다. 지금까지 내 것이라는 생각으로 소유와 점유에 마음을 두었다면 이제 공유해야 합니다. 지금까지 애지중지한 것들이 내 것에서 다른 사람의 것이 된다고 생각하면 끔찍할지 모르지만 자신이 가졌던 것들 가운데 일부만 자녀들에게 승계되고 대부분 버려집니다. 좀 더 매정하게 말하면 사실 자녀들 가운데에서도 부모가 남긴 것을 전부 승계하려는 사람은 흔하지 않습니다.

이왕 죽어서 영원히 내 것으로 만들 수 없다면 차라리 살아 있을 때 미리 공유하는 것도 방법이 될 수 있습니다. 자신이 평생 가꿔왔던 화초라면 식물이 있을 만한 곳으로 보내봅니다. 한 땀 한 땀 손수 수놓은 것이 있다면 그 수고를 알아줄 만한 사람에게 전달하는 편이 좋습니다. 지금까지의 용도에서 벗어나 다른 용도로 쓰일 수도 있습니다. 어차피 자신이 사망하면 이런 가치조차 무시된 채 버림받을 수 있습니다.

사람의 삶은 유한합니다. 언젠가 도착해야 할 종착역이 있는 기차처럼 죽음이라는 끝에 다다르게 됩니다. 기차가 종착역에 다다르면 사람들은 모두 내려 각자 새로운 여행지로 흩어집니다. 인생 기차가 죽음이라는 종착역에 다다르면 마음속에 있던 것들과 지니고 있던 것 그리고 가지고 있다고 생각한 것 모두 저로부터 떠나 각자 제자리를 찾아갑니다. 이렇게 빠져나간 것들은 다시 누군가의 인생 기차에 올라타게 되고 새로운 인생 여정을 하게 됩니다.

정해진 레일 위에서 먼저 가려는 사람도 있고, 신호를 기다리는 사람도 있습니다. 서로 앞다퉈 먼저 도착하기 위해 달려왔는지는 모르지만 각자 생각하는 방향으로 달려가고 있습니다. 노선도 정차할 곳도 다르지만 사람들은 나름대로 잘 살고 있습니다. 지금까지 달려오느라 그동안 수고 많았습니다. 그렇다면 이제 한숨 돌리면서 생전정리를 하며 지금까지 달려온 여정을 기록해보는 건 어떨까요? 자신이 여기까지 달려온 여정을 기록하며 돌아오는 길과 경유하는 길, 정차할 때 어느 역이 편했는지 등 인생의 순간순간을 정리해나아가다 보면 자신의 인생이 결코 헛되지 않았음을 알 수 있습니다.

모든 물건은 이렇게 내 주변에 놓여 있습니다. 돈을 주고 산 것이든 얻은 것이든 다른 사람에게서 선물로 받은 것 이든 모두 누군가의 손에 의해 만들어졌고, 자신의 손에 건네졌습니다. 내가 소중히 다뤄왔던 물건들 그리고 내 가 언젠가 다시 쓰려고 간직했던 물건들을 누군가에게 나눠주는 것도 내 삶을 정리하는 데 의미가 있습니다.

오랜 시간 내가 겪었던 경험과 습득한 지식을 요약하 고 정리해두는 것도 필요합니다. 김치를 맛있게 담는 법 과 계란프라이를 타지 않고 맛있게 하는 방법, 간단한 생 활의 발견이라도 자신의 노하우를 정리하는 것은 누군가 할 시행착오를 줄일 수 있어 삶의 보람이기도 합니다. 이 것은 다른 사람을 위하는 것이지만 바로 자신을 위하는 것이기도 합니다.

자신의 사후정리를 미리 하는 이유는 마지막 남은 인 생을 자녀와 함께 가장 현실적인 문제로 소통하는 데 있 습니다. 주제가 죽음이라서 무겁다고 느낄지 모르지만 사실 죽음이라는 주제는 그렇게 두렵거나 무서운 것이 아닙니다. 오히려 현실적인 생각을 하게 만듭니다. 자신 의 생활이 얼마 남지 않았기에 마지막까지 잘 쓰기 위해 치약을 눌러 짜는 것처럼 가족과 함께하는 시간 동안 더 많은 추억을 나누어야 합니다.

죽음은 반드시 일어나지만, 나에게 언제 그 일이 일어날지 모르기에 매일 매 순간 정리를 잘하고 살아야 합니다. 오히려 그때가 언제인지 모르니 하루하루 오늘이 마지막이라고 생각하고 살아간다면 많은 추억을 남길 수 있을 것입니다.